MW01104894

ANDRÉ FRÉNAUD

Il n'y a pas de paradis

POÈMES
(1943-1960)

PRÉFACE DE
BERNARD PINGAUD

GALLIMARD

© *Éditions Gallimard, 1962.*
© *Éditions Gallimard, 1967, pour la préface.*

PRÉFACE

Je suis en route : *l'image du poète que nous propose l'œuvre d'André Frénaud est celle d'un* voyageur. *D'où vient la route? Où conduit-elle? Le poète l'ignore. Il sait seulement que, marchant depuis toujours, sa tâche est de poursuivre. Tout repos sur ce chemin ne peut être que précaire, toute* étape *annonce un nouveau départ :* l'événement ne prévaudra pas sur le parcours. *Partirait-on, pourtant, si l'on n'avait reçu un appel? si l'on n'avait l'assurance d'être attendu? Une lampe doit bien briller dans quelque* auberge *où le voyageur connaîtra la* gloire *d'un* sommeil ardent. *Le poème, où s'inscrit le voyage, va refléter ce double mouvement. Exigence ou pressentiment, il annoncera la* vraie contrée, *la* vraie patrie qui *se dérobe dans les* lointains parages. *Il sera l'expression d'une espérance obstinée : celle du Roi Mage guidé par son étoile. Mais, en même temps, le poème affirmera la vanité d'une entreprise qu'aucune promesse ne garantit. Il revendiquera même, comme le signe d'une authentique vocation, sinon comme la seule récompense possible, une insatisfaction fondamentale. Poésie du sarcasme et de la dérision, mais aussi de la fierté. Le poète est cet homme contradictoire, ce visiteur* inacceptable *et inaccepté, dont le sort consiste à appeler sans attendre de réponse, à marcher sans apercevoir de but.* Il n'y a pas de paradis : *le terme du chemin, c'est le chemin lui-même.*

Que signifient alors ces moments de grâce et d'abandon, si fréquents chez Frénaud, ces répits *soudains où se découvre une possible* bienveillance *du monde? Le mot même de bienveillance évoque l'idée d'une offre à laquelle répondrait la gratitude du voyageur enfin satisfait. Certains lieux, imprévisiblement découverts, et qui peut-être ne sont bienveillants qu'à ce moment-là, dans ces circonstances-là, fonctionnent comme des* lieux d'approche. *Le poète a le sentiment d'y rencontrer, d'y retrouver plutôt quelque chose qu'il pressentait depuis toujours, et qui, aussitôt, se perd. Ainsi, pendant que, mené par l'exigence négative qui lui interdit de s'accepter, il chemine — et ce cheminement est un travail de Sisyphe, une lente et patiente édification toujours à reprendre —, cela même qu'il pourrait accepter lui est sans cesse offert, à portée de main, séparé de lui seulement par l'invisible frontière qui tient l'être en retrait de l'apparence. L'être ou l'âtre, l'*âtre profond *dont le poète chante la* grande bienveillance, *c'est presque la même chose.*

Prenons garde, pourtant, à ne pas confondre le lieu avec l'expérience qui s'y produit, ni la bienveillance avec je ne sais quelle adhésion béate à l'être. Le répit n'est jamais qu'un répit, il n'a rien à voir avec l'illumination qui caractérisera l'événement poétique. L'être n'est pas une enfance où il ferait bon revenir, un refuge où l'on pourrait s'enfermer. Au commencement, dit Faust, était l'action. Frénaud traduirait : au commencement était la force. *Un poème parle de la* bienveillance

6

terrible *du soleil. Si la bienveillance peut être terrible,
c'est qu'en elle s'annonce, fulgurante, dévastatrice,
l'énergie du Tout. Il ne faut donc pas se laisser prendre
au piège que nous tend, dans maint poème, un discours
empreint de nostalgie. En même temps qu'elle rappelle
au voyageur l'existence de la vraie patrie, la bienveillance en brûle successivement toutes les figures.* Il n'y a
pas de paradis : *l'être n'est pas un lieu, il est une* source,
*il est une force qui perdure et s'efface dans ses propres
manifestations.*

*On voit peut-être mieux, maintenant, pourquoi
chaque halte est suivie d'un nouveau départ. L'unité
du monde n'existe qu'*en mouvement, *elle est le mouvement même de l'unification. Elle ne peut donc être
saisie nulle part, c'est elle au contraire qui vous saisit :
on ne possède pas l'être, on éprouve seulement sa violence
dévorante :*

Quand enfin je vais l'atteindre dans les yeux
Sa flamme a déjà creusé les miens, m'a fait cendres.

*Séparé de la vraie vie, le voyageur serait condamné à
errer sans fin, il ne pourrait que subir alternativement
les assauts également trompeurs de l'espoir et du désespoir si la parole poétique ne lui était donnée pour
renverser le cours de l'expérience. Parce que cette parole
n'est pas seulement un témoignage, le miroir où l'expérience viendrait se refléter, mais qu'elle est elle-même,
dans le sillage et dans la poussée de l'être, une violence
unificatrice, elle peut donner forme à ce qui nous forme,
et garder la trace durable d'un événement qui précède
et soutient tous les événements.*

Cet événement, Frénaud le nomme visitation. *Il ne*

dépend pas du poète que l'être se manifeste dans une parole. Pour que la parole lui soit donnée, il faut au contraire qu'il se laisse momentanément dessaisir de lui-même, qu'il cesse d'être un sujet séparé, autonome, dont la présence fait obstacle au va-et-vient unificateur. Toute poésie commence, en quelque sorte, par la mort du poète. Ce premier moment est celui du silence : silence fulgurant, dit Frénaud, grondement profus où le sujet annihilé se trouve en consonance avec le Tout. Le poème naît au réveil, quand la force, qui déjà s'éloigne, rend le poète à lui-même, quand elle le constitue comme poète, gros de cette parole qui a germé en lui à la faveur de son propre anéantissement. De l'être qui « passe », le discours poétique ne saurait donc faire sa proie. C'est en quoi il diffère du discours narratif, — celui du narrateur proustien, par exemple, dont l'ambition avouée est de « retrouver » quelque chose : une saveur, une image, un sens perdu, et qui comprend, à l'heure où le récit s'achève, que le récit lui-même était sa propre sauvegarde. Le poète n'est pas un mémorialiste. Il sait déjà, quand la parole le prend, qu'elle ne dira rien d'autre que l'événement qui l'a fait naître. Écrire, pour lui, consiste à mimer la force évanouissante, à en perpétuer la vibration dans la forme vibratoire du discours.

Le « système » de Frénaud est donc, avant tout, une énergétique. On peut l'interpréter diversement. Le mot même de visitation nous indique une première piste. Il est vrai que Frénaud use volontiers du vocabulaire et des mythes chrétiens de son enfance (celui de Noël, celui des Rois Mages) et que la figure ambiguë du Père occupe dans son œuvre une place centrale (cf. Tombeau de mon père). Mais il ne semble proposer cette version du passage que pour la détruire aussitôt.

La religion, c'est la tentation par excellence, la nostalgie contre laquelle on ne luttera jamais trop, et le poète ne parle de Dieu que parce qu'il a, avec Lui, un vieux compte à régler. Autrement dit, comme celle de Baudelaire à laquelle elle fait souvent penser, la poésie de Frénaud trouve son inspiration originelle dans une expérience religieuse de l'Être; mais c'est aussi cette expérience qu'elle conteste, précisément parce qu'elle n'est pas une poésie du salut mais une poésie de la quête, qu'elle ne se place pas sous le signe de l'espoir, mais sous celui du non-espoir.

Un autre mythe hante l'imagination du poète : celui de la révolte, et la même remarque pourrait être faite à son sujet, avec cette différence importante, toutefois, que la religion parle de retour et la révolte de progrès. Si la religion est le mythe du répit, la révolte est celui du départ : image d'un bouleversement si radical qu'il modifierait les conditions mêmes du voyage. Frénaud a lu Hegel et Lénine, et l'on discerne, dans plus d'un poème, le mouvement d'une pensée dialectique procédant par négations et dépassements successifs. Dans un texte inédit, le poète décrit la Révolution « comme la mise en œuvre exaltante d'un désir de résolution des conflits de l'homme et de l'Histoire, comme la participation à une grande représentation mythologique ». Retenons ces mots : représentation mythologique. Il ne s'agit donc pas de substituer une certitude à une autre. En politique, Frénaud n'est jamais du côté des réalistes, de ceux qui calculent et font des compromis. Mais il n'est pas non plus du côté des naïfs. Image fascinante d'une unité qui se défait chaque fois qu'elle surgit, la Révolution représente à ses yeux l'utopie nécessaire d'une fête de l'Être qui, comme l'Être lui-même, ne fait que passer :

9

*elle se pétrifie dans les institutions qu'elle a enfantées,
et l'homme ne s'y reconnaît pas plus qu'il ne se reconnaît
dans ses propres limites* [1].

*La vraie révolution, nous devons peut-être la chercher
ailleurs, du côté de cette histoire dont Freud a, voici un
demi-siècle, bouleversé les perspectives : celle de l'individu
lui-même. Il suffirait de substituer « pulsion » à « force »,
« résistance » à « obstacle », « Ça » à « être », « Moi » à
« poète » pour retrouver, dans la théorie du* passage, *les
grandes lignes de l'économie freudienne, et dans l'œuvre
elle-même, la confirmation de sa profonde leçon : à
savoir que la conscience n'est jamais première, que le
sujet se constitue toujours contre et à partir de son propre
aveuglement, et qu'en conséquence, nous sommes inévi-
tablement « décentrés » par rapport à nous-mêmes,
prisonniers d'une opacité qui nous fonde. Ce que décrit
cette poésie — il faudrait plutôt dire ce qu'elle manifeste,
au sens où le rêve « manifeste » un contenu latent —,
ce sont les avatars d'une subjectivité qui ne peut s'affirmer qu'en éclatant, mais qui se récupère aussi à la faveur
de chaque éclatement, la parole étant le double signe de
son insuffisance et de sa vérité.*

*L'écriture, toutefois, n'est pas la cure. Alors que la
parole analytique tend à s'abolir dans un silence final
qui serait celui de la guérison, la parole poétique se
fixe, au contraire, dans ces objets de forme et dimension
diverses, ces* petits monuments verbaux *qui garan-
tissent au poète que l'événement ne s'est pas produit en
vain. Le poème est d'abord monument, au sens où*

---

1. C'est la leçon par exemple, de l'*Énorme figure de la
déesse Raison*, qui est, avec *Agonie du général Krivitzki*, un
des grands poèmes « civiques » de Frénaud.

le monument maintient vivante la mémoire de ce qui fut ; et le poète écrit en premier lieu pour lui-même : pour garder une trace, un témoignage de l'expérience qui l'a dépassé. Mais ce témoignage, dès lors qu'il a pris forme, ne lui appartient plus. L'objet est là : d'autres pourront donc le manipuler à leur tour, et y trouver l'écho d'une visitation qu'ils n'ont pas connue. Le poème est une machine à faire entendre quelque chose de l'événement. Machine, c'est-à-dire objet construit, élaboré, fruit d'une inspiration sans doute, mais d'un travail plus encore. A faire entendre : Frénaud ne dit pas raconter, exprimer, désigner, il dit faire entendre, comme si c'était l'événement lui-même qui parlait dans le poème. Et, bien sûr, il ne peut se faire entendre qu'à propos de... L'émotion qui a été le prétexte de l'événement sera souvent aussi le « sujet » du poème. Puisque l'événement peut se produire à n'importe quel moment, en n'importe quelle circonstance — visage aimé, grouillement de l'eau, rue où l'on passe, fumée, rochers, peu importe — tous les sujets seront bons, et tous les moyens, — aucun ne l'étant vraiment au jugement du poète.

De là résulte, chez Frénaud, une extrême diversité de tons, de rythmes, de prises. J'ai essayé ailleurs de placer, dans le vaste champ que couvre son œuvre, quelques repères, d'y distinguer des orientations et des niveaux[1]. Il suffira de dire ici — et le lecteur s'en rendra compte rapidement — que le trait propre de cette poésie est sa générosité. Poésie de l'ouverture, de l'imprudence, poésie compromise, on serait tenté de

1. Cf. *André Frénaud : une conquête dérisoire,* dans *Inventaire* (Gallimard, 1965).

dire « engagée » si le mot ne prêtait aujourd'hui à toutes les équivoques. C'est pourtant bien d'un engagement qu'il s'agit, et du plus sérieux qui soit, puisque le poème, en brassant les matériaux de l'expérience, ne se propose rien de moins que re-faire, re-produire l'aventure de l'être, et dévoiler, par son mouvement même, l'identité de l'identité et de la non-identité.

Cette ambition peut expliquer sa rudesse. Deux obstacles se dressent en effet sur la route du poète. L'un est lui-même. Parlant après, au réveil, il ne prend conscience de son pouvoir qu'au moment où il retrouve ses propres limites. La conscience qui porte les poèmes, dit Frénaud, est celle de tel homme unique, avec son expérience et ses désirs, ses monstres et ses valeurs, tout ce qui dans la vie l'a marqué et demeure irréductible. La souveraineté qu'il s'arroge, parce qu'il a, le temps d'un éclair, communiqué avec le Tout, est donc essentiellement précaire. Il n'y a de poésie qu'incarnée, c'est-à-dire, d'une certaine manière déjà, défaite. Mais surtout, l'usage poétique de la parole oblige le poète à détourner le langage de ses fins ordinaires. On parle habituellement pour communiquer quelque chose, et la communication s'achève à l'instant où la chose est dite. On ne parle pas pour communiquer le dire. Or c'est là, précisément, nous l'avons vu, ce que le poète essaie de faire entendre. Il n'y parviendra qu'en forçant en quelque sorte le langage à se dépasser lui-même, pour préserver dans une signification symbolique, plus ou moins directement accessible, le grondement prestigieux de l'événement.

D'où l'inhabileté fatale dont souffre, selon Rimbaud, tout poème et que révèle, par exemple, au niveau de la syntaxe, le dérèglement méthodique du discours. Ce qui

12

caractérise la parole poétique, c'est toujours la violence de sa forme, l'extrême condensation et la tension qu'elle impose à la phrase. Passé le premier moment d'exaltation que procure au poète l'ébranlement de la parole, écrire consiste à contraindre les sons et les sens, en opposant à la force centrifuge naturelle qui porte les mots à s'écouler dans la signification, une force centripète qui les fait jouer ensemble, les agrège, les cimente, jusqu'à former ce monument, le poème, véritable bloc de parole où vibre encore l'énergie du passage.

Plus haute est l'ambition, plus dérisoire paraîtra le résultat. Il arrive au poète de douter de lui-même. Au regard de l'ébranlement qui le préfigura, le poème semble pauvre : c'est un murmure misérable, une machine inutile, une pauvre fête. Mais l'ironie que Frénaud ne cesse d'exercer contre soi, la colère qui le dresse parfois contre la poésie ne doivent pas nous tromper. De l'explosion initiale à l'objet poétique, la perte d'énergie est, certes, considérable; pourtant, il en reste toujours quelque chose. Équivalent imparfait d'une expérience exorbitante, l'objet témoigne par son existence même, par sa présence toujours offerte dans le livre qui le recueillera, que l'expérience est à la fois possible et féconde. Et comme le dit Frénaud lui-même, ce n'est pas une victoire si médiocre que, du milieu de notre épaisseur infranchissable (le poème), se trouve surgi, issu de l'Unique pour nous en faire souvenir [1]. L'insuffisance du poème dénonce seulement l'infirmité de l'homme. Le poète que sont quelques-uns

1. Ces lignes sont extraites d'un fragment sur la poésie publié dans l'excellent ouvrage de G.-E. Clancier : *André Frénaud* (*Poètes d'aujourd'hui*, Seghers).

n'est pas différent du voyageur que nous sommes tous.
Sans doute est-il visité, objet d'une faveur particulière et
qui le dépasse. Mais cela ne lui confère aucun privilège
et ne justifie de sa part nul orgueil. L'œuvre qu'il écrit
reflète ce malheur commun qui fait aussi notre commune
fierté. Elle est le pays, *rarement atteint, aussitôt perdu,*
de ceux qui ne se contentent d'aucun paradis.

Bernard Pingaud

SOLEIL IRRÉDUCTIBLE

(1943-1959)

Bienveillance

ÉTOILES

ASTRES DE LA NUIT

à Lucien Scheler

Astres de la nuit,
trous dans le grand crible
d'où nous fûmes jetés,
"rebelles" en marche,
geignants agités.
Regards solennels,
amis sentinelles
pour nous accueillir,
pas d'arbre, de brise
pour monter vers vous
et passer la tête
où reprendre vue
dans ma vie que fut
la jeune lumière.

Handwritten annotations:

étoiles

Adresse à : / nous regard

révolte contre notre condition; Eden + Eve n'a pas obéit à Dieu

→ mot du ciel

→ humains jeté du ciel des astres (comme Eden + Eve) insatisfaite

→ astres comme amies bienfaisante

→ (passé simple) : n'existe plus.

↳ peu de lumière dans l'obscurité

*peu de ryme/musicalité (pas comme Baudelaire)

* exprime indirectement.

17

[handwritten: →lumière qui peut allumer ou manquer]

UNE LUMIÈRE ACROPOLE

à Jean Tardieu

[handwritten: →très haut] *[handwritten: →ce dont il rêve ↓ mais ↓]*

[handwritten: ① +] Une lumière "acropole" au sommet de mes songes,
ayant lui s'éboula, les bêtes m'ont repris *[handwritten: ②]* —
dans le tourbillon de leurs serres froides
et me creusent en nouveau nid *[handwritten: →prisonnier dans le nid.]*
pour que j'y puisse à loisir irrité
cuver ma cendre
et soudain m'éclairer à ma réalité,
avant de retomber par l'épaisseur si lente.

[handwritten: →image d'un lourdeur qui lui empêche]

LA VIE DANS LE TEMPS

[handwritten: pour expliquer:] *[handwritten: mots générales / abstrait]*

Les secondes, pas à pas inaccessibles –
Les minutes se pressaient, toujours trop longues –
Les heures, l'une après l'autre mal aimées –
L'an neuf, en allé sans remplir les vœux –
Le jour accompli, le cœur tourne encore – *[handwritten: →mais, le monde tourne.]*
Le sommeil, au matin miroir interdit –
L'instant n'a pas lui où nous aurions pu –
Notre vie, infranchissable, recluse –

[handwritten: rêve comme miroir interdit]

[handwritten: →article définit 7 fois puis adj. pos.]
*[handwritten: * l'anaphore]*
*[handwritten: * ponctuation distinct]*
[handwritten: ↦ même type de mot répété (fait un liste)]
[handwritten: ↳ impersonnelle à personnelle.]
[handwritten: ↳ faut que le lecteur rédgusso.]
[handwritten: ↳ représent le temps.]
[handwritten: ↳ le temps s'enfuit, nous échappe. (impossibilité)]
*[handwritten: *insatisfaction dans le temps.]*

18

(handwritten: → orage + désastre / → vitesse + échapper)

(handwritten: même chose (métap.))

LA VIE, LE VENT

(handwritten left: ontraste)

La vie qui bâclait en passant   *(handwritten: imparfait)*
l'orage printanier et poursuivait,
la vie — le vent aux cent(promesses)
tenues jamais — qui poursuivait,   *(handwritten right: rapport)*
aux cent(prouesses) et au désastre   *(handwritten: spéciale.)*
et poursuivait la vie, le vent,
(handwritten: → perform a feat.)

la vie si douce quand il lui plaît.

(handwritten: ↓)

(handwritten: × possibilité de la bonheure qu'il n'y avait pas dans le dernier ←)

BIENVEILLANCE

La vie va où je veux,
c'est moi qui la promène
sans la perdre de vue,
dans la foule qui me gagne,
dans ma voix qui s'abrite
sur les tombes et le lierre
ici où je suis bien,
et les morts qui sont bons
ne demandent raison
si je ris sur leurs pierres.

Cimetière d'Oxford
5 septembre 1947

19

Je tue le temps en taillant dans la houille.
Engorgé je me débarrasse ou j'essaie.

Je tue le temps au vin rouge, à la délicatesse,
à la franche gaieté, à la morale,
à l'excès de zèle, à qui perd gagne, à la boussole,
avec un miroir d'emprunt,
avec un regard farouche,
avec un sourire componctueux,
avec une envie de pleurer.

Je tue le temps à creuse rêverie,
avec un marteau-piqueur, avec un petit flageolet,
avec une superbe convoitise,
avec une raillerie épaisse,
en toute bonne foi, avec un œil en coin,
avec les discours habituels, avec des mots écrits,
avec du vent.
Je n'approche pas du recours imaginé.

Je tue le temps. Je taille en suffoquant, j'essaie.

Je tue le temps. Si un faucon au poing j'allais,
je saurais faire.

Endimanché dans son honneur
comme un âne de moine,
comme une bête pondeuse,
comme un voile de noce,
comme une verroterie.

Embarrassé dans son bonheur
comme un fou dans ses toiles,
comme le beurre dans ses feuilles,
comme le vent dans les voiles,
comme un veau, queue en feu.

Je n'ai pas peur.
Je ris mon saoul.
Je vais mon train de sort.

IL N'IMPORTE

Mes grands gestes
pour ouvrir le monde
achoppent sur quoi,
revenus me blesser?
Que le cœur trop tendre
soit vite écrasé
par ces malins boomerangs!

Alors être dur
comme est mouche à miel?
Pour entasser quoi?

Le soleil et la pluie
également souriaient.

Homme, enfant tragique
qui n'en finis pas...

Un nénuphar, né sur le sable
à Chaville-Viroflay.
Va dans la cour Batave
chercher du serpolet.

*l'homme doit
vivre comme si...

COMME SI QUOI

☞ la mort ne sait pas.

Comme si la mort savait conclure.
Comme si la vie pouvait gagner.
☞ immortalité
Comme si la fierté était la réplique.
Comme si l'amour était en renfort.

Comme si l'échec était une épreuve.
Comme si la chance était un aveu.

Comme si l'aubépine était un présage.
Comme si les dieux nous avaient aimés.

*liste.   ☞ négatif mais espoir

Ellipse:
1/2 exprime une idée pas finit

Malamour

Sans nom maintenant, sans visage,
sans plus rien de tes yeux ni de ta pâleur.

Dénoué de l'assaut de mon désir
dans ton égarante image,
dénué par les faux aveux du temps,
par les fausses pièces de l'amour racheté,
par tous ces gains perdu,
libéré de toi maintenant,
libre comme un mort,
vivant de seule vie moite,
enjoué avec les pierres et les feuillages.

Quand je glisse entre les seins des douces mal aimées
je gis encore sur ton absence,
sur la vivante morte que tu fais
par ton pouvoir ordonné à me perdre
jusqu'au bout de mon silence.

MALCHANCE

Tu ne savais pas que je t'attendais –
J'ai perdu la trace à l'approche de ton visage –
La vague est revenue vers moi sans t'avoir prise –
Un sourire, oubli plus vaste qu'océan –
Si j'avais osé parcourir ta blessure –
L'arbre gonflait ses liens, le cheval s'entravait –
J'ai donné mon espoir pour garder ton désert –
Qu'importe les trous d'eau, les oiseaux qui mentaient –
Il fait clair dans la vie où tout est consumé –
C'était une autre. Celle-ci n'existe pas –

VIENS DANS MON LIT

Viens dans mon lit couver la cendre froide.
Nous vêlerons à l'aube de la mort.
Quand la potence des sexes
s'est abattue en oiseaux pétrifiés,
l'être glorieux qui nous avait anéantis
n'est plus que nous deux, cadavres hostiles.

Pour attirer dans mon rire
la françoise et l'herbe douce,
pour effrayer dans mon regard
l'appel inamical des bêtes,
pour flatter la route évasive,
pour frapper la foudre de peur,
j'ai donné mon nom à la vie,
quand m'aurait-elle rendu raison,
si j'ai voulu le seul amour
qui portait pouvoir de me perdre.

PRÉSENCE RÉELLE

Excepté ton regard où je hais ma rencontre,
excepté tes mains vides où mon front est resté,
excepté ton attente harcelant mon désert,
excepté nos nuits, nos soleils d'égal ennui,
excepté ta gorge, excepté ton rire,
excepté toi, excepté moi,
je t'ai trouvée, j'ai confiance, je te prends.

LE DRAME ÉCLATE

Je ne vous aimerai pas –
Tu ne m'en avais jamais rien dit –
Il est parti seul dans son ombre –
Elle a perdu son oraison –
Nous sommes pâles dans la vie –
Vous êtes folle à vous délier –
Ils tordent leur sang –

LE DRAME

Nous n'arriverons pas à tout croire –
Il ne savait pas qu'elle n'ignorait rien –
Elle ne s'est pas encore mise à genoux –
Il ne l'accablera pas de ses malices –
La glace ne s'est pas ridée –
Les mots n'ont rien su dire –
Le silence n'éclaire pas l'affaire –
L'amour n'est pas plus fort que la mort –
Nous n'avons rien vu –

INVITATION GALANTE

Tes seins, tes nids d'oiseaux
s'envoleront si mes mains ne les charment.
Deux trous noirs par où passeront
les narines de bêtes, gonflées de vers.

Ton sexe, arbrisseau irrité,
séchera si ma joie ne l'irrigue.
Silex à jamais dans sa nuit,
sans éclat sous les coups de ton délire.

Si tu avais peur de ton corps.
Si tu ne rends pas ton corps pour ta soif.

MALÉFICE

La bergère en délire
a charmé le vieux pâtre.
Et sa peau crevassée.
Et son vagin fangeux...

Folle, elle est hystérique,
et sa tignasse rousse...

Adieu l'épouse et la fille
de ma vie grave et sûre,
adieu le cœur de chêne
et ma couche et la loi

et l'aubier, la forêt,
l'odeur des soirs de pêche
et l'encens, la grand-messe
et le sureau rieur,

Avec toi... S'il le faut,
j'irai crever à Chicago
ou dans la Chichine...

Viens donc, eh, pastourelle.

1939

Suite de Paris

à Georges Meyzargues

O vaisseau endormi
qui m'attends
loin de moi, ô Paris
mon honneur et ma fête,
mon secret réchauffé
dans tes yeux.

O ma Seine arrimée
dans tes eaux printanières,
ô charniers innocents
de mémoire, ô ma vie
trépassée qui verdoies,
plus comblée que tes jours
quand ils luirent.

O ta neige en mon âme
et mes fleurs, ô manteau
pour briller dans l'hiver
de mon âge,

mes blessures
sont couleur de ton ciel.

O Paris, tes arènes
pour combattre mes bêtes,
mes taureaux blanchissant
par la nuit, et ma mort
piétinée et mon sang
qui surgit dans leurs yeux
et mon rire.

O Paris, tes ponts-neufs
pour passer mes abîmes,
tes deux îles mes yeux
oscillant sur le flux,
tes fenêtres du soir
mes attentes lointaines
et tes portes d'hôtel
mes entrées du mystère.

O Montmartre, ta proue
et tes tours pour hausser
mes refus, tes rosaces
pour mirer la beauté
et les Halles au matin
et les cris du jardin,
la tendresse du jour.

O Paris, mon amande
bleue amère,
ma réserve songeuse,
jusqu'aux pierres

de ton sein
mes douces graminées,
tes marchands de couleurs
arbres de ma voix vive
et ton ciel pourrissant,
ô mon heaume enchanté.

L'ARGENT DE L'ÉPICIER
OU
DÉFENSE DU CAPITAL

Trente ans, les Halles, aux poings du jour levé.
Le petit commerce m'a caché le printemps.
Mes dimanches, écrasés dans le tiroir-caisse.
Mes vacances, à compter arbres qui verdoient
sur la ronde boîte où le camembert
agonise dans sa jouissance.

Ils voudraient mon argent, ces partageux.
Ils prendraient ce produit douloureux
du lait obscur de nos vaches
et de la sueur de mon front.

Ils ne l'auront pas.

14 JUILLET

à Jean Lescure

Le rouge des gros vins bleus,
la blancheur de mon âme,
Je chante les moissons de la République
sur la tête des enfants sages
le soir du quatorze juillet.

Et l'ivresse de fraternité des hommes dans les rues,
aux carrefours des rêves de la jeunesse
et des soupirs de l'âge,
au rendez-vous de la mémoire et des promesses,
dans le reverdissement de l'espoir par la danse.

C'est le triomphe de la tendresse,
l'artifice qui va ranimer,
devant, derrière, les journées grises.
Viens, toi que j'aurai tant aimée,
plus tard... quand je t'aurai ourdie
de tant de moires et de rages,
tant qu'enfin je t'ai rendue telle :
en pouvoir de rompre mon cœur...
O mon silence armé d'orage,
aujourd'hui tu es cri gentil
de rencontre avec l'aventure!

C'est le jour de fête de la Liberté.
Nous avions oublié la vieille mère
dont les anciens ont planté les arbres.

Il est des morts vaincus qu'il faut précipiter
encore un coup du haut des tours en pierre.
Il est des assauts qu'il faut toujours reprendre.
Il est des chants qu'il faut chanter en chœur,
des feuillages à brandir et des drapeaux
pour ne pas perdre le droit des arbres
de frémir au vent.

Nous allons en cortège comme une noce solennelle.
Nous portons le feu débonnaire des lampions.
Soumis à notre humble honneur, le geste gauche.
Les bals entrent dans la troupe et les accordéons.

Le génie de la Bastille a sauté parmi nous.
Il chante dans la foule, sa voix mâle nous emplit.
Au Faubourg s'est gonflé le levain de Paris.
Dans la pâte, nous trouverons des guirlandes de
                                        [verdure,
quand nous défournerons le pain de la justice...
C'est aujourd'hui! Nous le partageons en un
                                        [banquet,
sur de hautes tables avec des litres.
Le monde est en liesse, buvons et croyons!

Je bois à la joie du peuple, au droit de l'homme
de croire à la joie au moins une fois l'an.
A l'iris tricolore de l'œil apparaissant
entre les grandes paupières de l'angoisse.
A la douceur précaire, à l'illusion de l'amour.

à Michel Fardoulis-Lagrange

Déjà le feu des coqs
a brouillé les grands claveaux de la nuit.
Déjà les abeilles s'envolent des nids de l'aube
et grêlent sur les tambours des laitiers.
Hésitante, la pâture d'une journée ouvrière
déboule vers le travail, pressée comme un chou-fleur.
O matin neuf et déjà rongé.
L'armoire bâille, qui eut sa jeunesse végétale
au sang blanc
et les vieilles gens dont le cœur a battu naguère
ouvrent la fenêtre grande
pour découvrir les plateaux ensoleillés de mémoire.

Rue quotidienne, miroir populeux des ans passés
et des futures journées encore sans aveu
qui glissent confondues au bord du fleuve enjoué
et des balcons que ne forge aucun envol,
carrefour des honnêtes citoyens de l'habitude
que réjouissent les refrains de la lumière,
où la solitude se presse en foule
avec ses gestes trembleurs,
les morts biffent mal ton silence, ô Paris,
et les mots qui nous cachent
un songe ancien.

Chaque matin les tapis jusqu'à dix heures.
Chaque matin le mauvais sang jusqu'à la fin de la vie.
La mauvaise graine se nourrit au fil du jour,
au fond des yeux las de ne pas aimer plus
que les lèvres sourieuses.
Derrière les façades qu'ont ravalées d'autres rêves,
la cretonne a noirci quand les paumes se sont tues,
emportant la vivacité des anciens travaux.
Mais l'hirondelle aux trois couleurs glisse encore
à la lisière des rayons mouillés,
sous ton gris regard clair.

Le camelot bringuebale sa bimbeloterie
de la barrière de Pantin à la Grande-Ourse.
Les petits marchands nourrissent les quatre saisons.
Dans les entresols les riches
font l'amour à la sauvette,
poursuivis par leur temps doré.
Derrière les maisons j'ai retrouvé
les gares qui, tapies, m'attendaient.

Rue Vivienne, le vampire s'approche de l'adolescent
qu'il aborda sous le porche de l'hôtel de Beaujolais.
A minuit la Bourse gloutonne encore son sang.
La cloche effare dans l'herbe de ses rêveries
la femme au centre creux.

Colibris frelatés, les dactylographes.
Le rouge à lèvres et leurs règles qui les ont tachées.
Sous le coton, capitonné, le vagin coule.

Elles regardent aux belles devantures des Boulevards
l'émeraude des rivières de pierreries.

L'eau souterraine glisse dans l'épais des deux rives.
Tu t'égaies en passant par ton ciel irisé
qui cligne dans le printemps des vaisseaux de la Seine.
De la Demi-lune de Belleville au Point-du-Jour,
du pain blanc va trempant par tous les urinoirs.
Nos cœurs ne sont pas moins fidèles éponges
pour se gorger dans ton remugle, Paris.
Je souris avec toi lorsque tu désespères.
Ton visage angoissé a la douceur d'un arbre
quand tu éparpilles les lourdes rumeurs du soir.
Rue de la Gaîté, il n'est pas de tristesse qui vaille
de remuer les prestiges d'un ancien soleil,
et le solitaire monte vers la rue Cortot
où la banlieue Nord l'accueille chez lui par la fenêtre,
étendue sur les fumées et les collines maraîchères.
Au matin, les coteaux d'Argenteuil
avaient fait pousser un raisin sur son front.

Tu ramènes tous tes escaliers.
Tu fais chatte blanche au bout du jour.
Frileux, de pierre et d'eau, furtif,
Paris
mon amande bleue.

ÉNORME FIGURE
DE LA DÉESSE RAISON

(1943-1944)

à André Malraux

N'aie pas peur des lamproies du profond
sommeil, petit écolier de la Révolution.

Grand torse étendu sur la place de la Concorde,
le marbre brille mal entre le fleuve et les verdures.

Toujours vivante, abandonnée, la tête en flammes,
toujours vaillante et déchue, toujours fraîche,
face de la multitude et si seule, ô taciturne,
vociférante.

Naïve, ornée d'une chevelure de serpents,
à ma bouche l'incendiaire sirène,
par la déchirure de mon bonheur je surgis,

déesse Raison, déraison agressive,
agrippant toute paix, inlassable naissance.

Je crie Aux Armes!

Mon cheval en haillons, ma superbe crinière,
entre les gazomètres dentelle des banlieues, galope
[et mord,
et déjà l'innocence enfle des mains géantes
sur le scalp des rois pavois de ma grand'fête,
j'avance en tremblant si la mort est trop lente,
que je conduis docile à mon sanglant désir.

Je renverse les tours. Les canons, les bastilles,
sur les courroies des Centrales, je les ai lancés.
Je te prends dans mes bras, peuple désert.
Adolescent rongé par le froid intérieur,
avec nous dans la chauffe où sur les pilastres
se perchera l'énorme coq!

Ce monde las d'être opprimant, cette muraille veule,
tous les maîtres d'un rien qui nous bafoue.
Morts qu'il faut vaincre, niais bonheur mal gardé
[par la force,
armure à bouche pleine, idylle et loi pipée,
vieille entrave à notre désir d'être la lumière
d'une réalité qui ne soit point marâtre,
nous en aurons raison, mes camarades sacrifiés,

combattant avec moi, forte femme
marquée par l'absolu comme un bœuf à l'épaule.

Il faut ruiner plus creux que par notre vengeance.
Nos promesses, nos témoins doivent périr.
L'arrière-cour blanchie par la Junon de plâtre,
le cri d'un marronnier entendu par les portes,
un regard mal étouffé sous les lanternes.

Tant de clins d'œil obscurs, au péril de ma gloire
je les embraserai, je détruirai les signes.
Pour ouvrir les secrets il nous faut tant brûler,
pour gagner une présence ardente enfin
                                [par nos mains vides.
Par mes géométries passionnées de sang, ô raison
                                [en délire,
je règle l'insurrection du rêve et du gros intestin
dans la nuit de la transgression, fières mains réunies
pour un plus haut festin que le bonheur des pauvres.

O victoire enchantée sur les tréteaux défaits,
tout le butin à tous souriant amical.
Quand l'univers fume d'amour vers toi, peuple
                                [souverain,
qui te lèves hésitant dans ton pouvoir,
quand vous frémissez, frères,
dans le hurlant silence de la Liberté,
dans le vin, dans la vomissure moite sur les hauts
                                [marbres,
dans les entrailles de nos morts, les ayant lues,
je siffle, je proclame les droits de l'homme d'être
                                [un dieu.

Verbe de la révolution, déploiement aux trois
                                   [couleurs
de mon silence, violente verve du désespoir,
glaive de mon chant qui rebondit de terre en terre,
faux arc-en-ciel avant-coureur de nos désastres.

Déjà je ne suis plus dans cette voix qui retentit.
Qu'entendent-ils encore? Il ne reste plus qu'eux
dans ces mains qui pressent et qui caressent.
Les eaux grasses du temps ont ranci mon appel.
Entourée de drapeaux pétrifiés comme un lavoir,
dégradée par mon souffle même,
par l'haleine empuantie de la victoire savourée.

Ils m'ont réduite à n'être qu'une statue de gloire,
enfermée dans les carrés déserts de leurs places,
sur l'esplanade de leur abandon armé de rires.
Ils m'honorent apaisée par le nombre et la pierre,
non plus beauté dans le malheur mais protectrice
                                   [encore
de leur serment qu'ils ignorent avoir perdu,
moi, la tempête qui retroussais leurs dieux,
                                   [ils m'adorent.
Et aussi l'homme noir ose un salut oblique
vers une créature fourmillante de honte et roidie,
toujours volée.

Toujours vaincue, toujours hurlante, jamais lassée.
O patience intraitable et fureur attentive.
Conjuration des sueurs de notre force sourde.
Dans les faubourgs de la nuit, les sources
                              [se retrempent
à la colère de l'insatisfait. Déjà les songes creusent
les paisibles monuments cruels. Des rumeurs
                              [préparent
les imprévisibles richesses de la haine du pauvre.

Déjà les cheminées hâves, hautes orgues de ciment
fauves aux confins du jour grondent.
O peuplade usinière qu'étouffait ce gras ventre
                              [usurier.
Dans l'enfilade des crassiers jusqu'aux palais,
dans les grands ovales de la ville, cent mille lueurs
                              [braillantes
ont bondi dans le seul éclair de la Parole.

Battement de tambour, bleu, blanc, rouge,
blanc — roulement du cœur de la foule.
Mais ma voix est si douce, quand je vous parlerai.

Je jouis dans vos baptêmes. Je crie dans vos
                              [tumultes.
Quand les blindés reviennent sur nos poings nus,
la grille des pavés et des carrioles est devenue
main du peuple qui broie les chars.
Et si l'on meurt,
les volontaires, à midi d'août,
auront reconquis la boulangerie.

Qu'on égorge les vaincus. Pas de pitié pour les
                                    [cœurs purs.
Je fusille. Et je chante. Et je sais :
                        Tous mes pas sont hideux.
Mes muscles me font difforme par trop de coups
                                    [portés,
à trop gros bras frappant, à trop haut rire.
Ce cœur tatoué sur mon sein, ce blason me brûle.
Haine ou amour, qui le lira, mon regard louche!
Ces pleines chopes de larmes que les fleurs du soleil
ont fait sortir des yeux de mes partisans,
c'est moi qui pleure,
détestatrice de moi, bourrelle à toge claire,
vestale de mon déshonneur.

Mais ma voix est si douce, quand je vous parlerai.

... La beauté dans la batiste et le platine,
la blancheur intouchable, profanée,
sous nos mains n'est plus que vivante qui gémit.

O mes enfants, je vous suis une mère trompeuse.
Mais quand vous me pressez de tant de cris et d'astres,
je ne suis que votre fille géante qui vous entraîne
aussi loin qu'en vos yeux candides m'égare
une profondeur inaccessiblement attirante, douce,
éclat de notre vrai domaine, de toujours entrouvert
                                    [et repris,

44

par-delà les collines rongées et les abîmes de mémoire,
je ne sais où je vais, mouillée d'effroi.

Je vais accouplée à mon ombre resplendissante.
Seule. Titubant jusqu'au saut par lequel je t'atteindrai.
J'attends en combattant, je nie, j'invente, j'attends
la transe de sang qui demain nous transfigure.
Salope et solennelle, ma hideur devient l'aube
où le futur envoie ses rayons printaniers.
Encore un coup la flamme, voici déjà la cendre.
Ma cendre, pierre angulaire de mes naissances,
je poursuivrai.

Tout est dans mes mains parcourues de soufre.
Mes façades bronzées, mes drapeaux qui claquent,
ciel de Paris mal chargé de nuages,
piques et grilles, loque en feu, armure sans culotte,
saucisson de nuit, loi tronquée, caillot clair.
Haut les songes, citoyens, c'est la fête de la Nuit qui
                                        [s'appelle.
La bonté aux mains rouges s'essuie sur le murmure de
                                        [la Seine.

C'est l'amour haute fumée, la fête de notre dérision.
Ma bonté échardée, mon espoir en charpie.
Vivandière de rêves mauvais, les trèfles du sommeil,
nous devons les faire glaives pour qu'ils soient notre
                                        [honneur.
Ma beauté lézardée, voici qu'un nouveau flux dresse
                                        [mes seins.

45

Mappemonde en deux coupes retournées après boire.
Cariatide impatiente soulevée
par les cimes encore inaperçues de la joie.

1943-1944

SOURCE ENTIÈRE

(1947-1949)

OBSCURE APPARUE

à Christiane

Belle comme une cheminée sarrasine,
belle comme une moissonneuse-lieuse,
belle comme une penderie soulevée,
belle comme un amoncellement,

belle comme l'odeur de la résine,
belle comme une attaque au plein d'été,
belle comme une chevauchée sans issue,
belle comme un coup de main chanceux,
dénuée, belle.

Trois élégies en prologue

Je me promènerai au bras du fleuve Saône,
pour boire le beaujolais luisant, boire, boire.
Et si dans le vin ni dans l'eau je ne vois son visage,
il n'importe, car demain sera la fête.

Demain sera le jour.
Il ne partira pas sans t'avoir consolé.

Je différais la joie puisque j'en étais sûr.
Je savourais mon temps puisqu'il allait finir,
le temps où j'étais excepté.
J'allais pouvoir l'atteindre puisqu'elle avait permis.
J'alluvionnais mon temps par la joie en instance.
Je le desserrais avec la force de son désir imaginé.
Et les rues s'allumaient à mon regard quand je passais
parmi le peuple quotidien qui ne savait pas,
Croix Rousse comme une aube, avenir égaré.

J'avais laissé ma clé à l'*Hôtel des Beaux Arts*
pour me souvenir au bord du fleuve et dans les passages
de la douceur d'une détresse qui va cesser.

Avant qu'il ne soit tourné je regardais mon visage,
bien plus vieux que celui que demain me ferait.

Je promenais le paysage d'un désert qui se réveille
à la suite d'un appel indifférent.
J'avais la chance de ne pas voir plus clair
que l'œil rouge du vin autour des tables.
Se désenvenimaient l'échec et l'attente aux dents
[vilaines.
Les rats ne passaient plus dans mon cœur émerveillé.

Je supprimais le doute, je ne voulais pas qu'il grince.
Depuis trop longtemps je désirais m'asseoir avec les
[gens.
Homme d'autour du zinc si d'un désir bien au-delà,
je m'étais voulu citoyen d'ici pour le moins,
cette nuit je croyais l'être,
imposteur imprévu, parti pour aller loin.

J'en avais assez d'avoir horreur de moi et d'être,
d'écraser les yeux de ma divinité pour la mieux voir,
de la faire flamber à feu quotidien pour la faire naître,
pour n'en tirer que chie-en-lit à chaque fois.

Ces paroles mal capturées, ma conquête dérisoire,
donateur à les troubler tous,
mais de quelle aube m'ont-ils aidé en échange —
je les gagnai en creusant ma nuit et je suis froid
de ne pouvoir atteindre, incarné, l'autre
qui m'attend, pétrifié dans ses flammes, pour me
[réchauffer,
pour faire éclater dans notre embrasement notre
[destinée.

51

L'avenir impossible m'a appelé dans cette ville.
Je m'attarde au pas du fleuve pour me lier à lui.
Pour me rassembler dans le mouvement qui le guide
et ralentit quand il arrose une maison dans l'île.
Je me suis retrempé dans sa promesse courante,
qui émerge entre les murs jaunes que défait la brume.
J'ai besoin de me voir dans ce visage pour m'accom-
[plir.
Je le contraindrai à force de le regarder changer.
Il est à moi puisqu'il m'a appelé et que je sais lire,
derrière un aveu illusoire, un cri silencieux.
Dans ce diamant égaré par trop de feux, qui veut
[s'éteindre,
l'espoir d'une lumière neuve qui donnera son éclat,
à travers mes déblais, à l'invisible non perdue.

Je n'ai pas peur de la joie, je suis là pour elle.
J'ai trop prolongé le temps
où j'étais séduit par mon désert.
Je veux l'irriguer par le vin beaujolais
pour lui porter chance.
J'ai confiance en son pouvoir, car j'ai perdu les miens.

Ces richesses qui ne savaient que me dissoudre,
je les lui donne et je prends pied sur ma terre.
A partir d'une île, je m'investis dans la totalité.

Demain sera le jour.
Demain dans l'île.

DANS L'ÎLE

Dans l'île se tenait la bien-aimée.
Elle amorçait ma vie enfin,
j'ai cru que c'était pour m'atteindre.
Le fleuve s'arrête pour que je boive à la source.
Dans l'île où je vais pousser comme un peuplier
                                        [verdit.
Et je savais devoir mourir si je n'étais pas cet arbre,
avec en mon rire toute l'ardeur de la bien-aimée,
parmi les oiseaux qui voleront demain
et les demeures horribles qui en ont vu d'autres,
rien qu'avec la folie de croître ou de végéter,
seulement avec elle, non plus avec moi.

Je veux rester fixé sur cette place,
imaginer comme un arbre jusqu'à l'hébétude.
Ou si je ne peux être l'arbre, qu'on m'attache
aux poignées d'un trou d'égout s'il n'y a rien d'autre,
ou que je sois la cheminée qui regarde sa fenêtre.
Je veux quitter le temps qui ne m'a jamais aimé.
Déposé là jusqu'à ce que l'on me prenne.
Je suis fait pour disparaître hors de moi.
Je ne suis venu que pour me perdre en celle-ci.
Ou pour la maudire...

Et je ne la maudis pas
si elle n'apparaît pas, s'il n'y a pas d'île,
mais le fleuve seul, épaissement, qui roule ici.

                                    13-19 octobre 1947

AUBE

La jeune fille infranchissable a disparu –
Elle n'en pouvait plus d'être close et si pâle –
Son feu pour prendre en a choisi un qui brûlait –
Il l'attendait pour prendre. Il brûlait pour qu'elle fût –
Les flammes ont prononcé leur futur aussi –
Et pourtant nous serons, vous et moi, séparés –
Mais aujourd'hui est joie : UN SEUL comble
                              [son ombre –
Et qui pourrait nous voir, maintenant ?
                                  qui sommes-nous ? –

Les racines de l'aube prenaient pied sur les portes.
Alentour allaitait l'aubépine, le jour.

Noël pour Christiane

Puisqu'il n'était pas vrai que je n'attendais plus
et même s'il était vrai.
Parce qu'il ne se pouvait pas
qu'il n'y eût de promesse
ou que personne ne dût s'en charger pour moi
et que les étoiles fussent toutes
indifférentes ou impossibles.

Parce qu'il est juste que la joie fasse naître un petit
                                        [enfant
— et le berceau humide est encore si petit,
recouvert de feuillage et d'herbe douce –
avant que n'aillent se pelotonner dans l'osier
                                [les membres criards,
c'est moi qui m'introduis maintenant
dans ce berceau premier,
après tant de détours vagues et d'évanouis parages,
pour la première fois,
pour m'y faire naître dans l'eau pâle
et m'y réconcilier avec ma vie,
pour la première fois,

dans la seule issue que j'ai choisie,
qui s'est ouverte dans l'exactitude
                    [douloureuse de ton approche,
c'est toi qui m'as appelé maintenant, qui m'accueilles
et je reconnais que je t'attendais.

Belle année

Le temps qui frappe ses pièces de fer,
qui les couve, qui découche,
qui découle d'au-delà de lui,
le prévaricateur fidèle,
juste juge de l'injustifié,
le faux-monnayeur de l'absent,
ce grand personnage habituel,
changeant, inusable, incomplet,
ce matin a poussé un cri frais
et non pas parce que l'année
a seulement entrouvert son petit œil
sous la paupière de givre et de gui
et non plus parce que l'orange

plus ronde que lui l'émerveille,
mais parce que l'amour a posé
sur elle et moi une main claire.

L'œuf dans le nid, le nid dans l'œuf,
mes yeux m'appellent dans les tiens
où le monde s'est réuni,
les tiens ont brillé dans mes yeux
comme la neige vit de la neige,
ses étoiles forment ses liens,
en font une blancheur sans poids,
nos mains ensemble font pareil,
quand de nos corps nous bondissons
un seul qui comble, immérité,
promis, inconnu, sans contour,
dévoilant une parole unique.
Ainsi le temps s'est desserré.
L'amour invente le bonheur.
De nous deux, il n'en reste plus.
Ainsi la vie s'est consolée.

L'amour nous annule

A FORCE DE S'AIMER

A force de s'aimer l'on ne se connaît plus,
parce qu'il n'existe plus de toi ni de moi
mais un oiseau aveugle immobile sur le vide,
ne chantant pas, irréprochable, rajeunisseur.
L'éclat de son silence répare les fêlures.
Mon amour, mais toi et moi nous devenons vierges!

L'AVENIR

L'avenir n'est plus en souffrance.
Le présent nous plaît indéfiniment.
Nous transhumons de l'un à l'autre
comme des montagnes
nos paroles nées solitaires.

PROMESSE

Quand tu me donnes ta main, c'est ton être entier.
Nous voilà dépossédés, copropriétaires de deux corps.
Un coq flambe entre nos souffles
et nous nous évanouirons une seule présence réelle.

UN PAR DEUX

J'ai maintenant deux corps,
le mien et le tien,
miroir où se fait beau
celui que je n'aimais pas.
Qui ne me portait pas chance.
Des succès qui ne m'accordaient rien.
L'amour que nous nous rendons
nous a délivrés des rencontres,
aussi des vertus inutiles.

LE LIEU MIRACULEUX DE L'AMOUR

Si intimement pareille à qui j'étais,
révolté dans le malheur d'exil.
Ton présent, miroir encore de mes jours passés,
et moi soudain loin d'eux pour me soustraire
aux déchirures dont ton amour m'a guéri,
nous avons aveuglé les miroirs

et nous nous reconnaissons dans la même buée,
compagnons d'un pays où nous avons su nous perdre.

L'AMOUR RÉCONCILIÉ

Ta voix qui menaçait la mienne qui te bravait,
puis le silence éperdu, notre bouche unique,
l'arbre qui sursaute hagard
vers l'inconnue demande humide,
des mains perdues qui se multiplient,
des cris inentendus dans une eau sourde,
et l'épée délirante des larmes de joie
qui laissera les mots sans traces...
L'amour se déchire à se parfaire, il assure
l'élan de l'être en combattant.

L'AMOUR SIMPLEMENT

Pour toujours.
C'est du bonheur cette fois que je parle.

Pour toujours.
Notre mobilité s'est enlacée.

Pour dire le monde bleu bénéfique.

Pour toujours.
En se liant ils se désentravent.

Pour toujours.
Une roue dans son élan perpétuel.

Pour toujours.
Le sang réfractaire a gagné son nid.

Pour réconcilier

Pour réconcilier ton enfance avec ta révolte,
le matin, l'île intacte,
avec les traces du sort sur toi et ta rage.
Pour en faire ta vie comme un marronnier resplendit.

L'accord donné dans les réserves intraitables de
[l'enfance.
L'horloge innocente dorée,
qui ne sonne jamais quand on est tout petit
parce que le songe bat le pouls de l'avenir
et défait le temps.
Les resserres tâtonnantes de la nostalgie
[sont-elles préalables
à la tendresse qui se retrouve et s'accomplit
quand la montagne auprès de la maison comblait
[l'attente,
comme une chose toujours au-delà, soudain captée.
Comme la vie fragile est conquérante.
Miroir où l'on se voit tel que l'on veut.
Il faudra t'efforcer de ressembler à cette image.
Mais pourquoi rougissais-tu, qui n'as jamais eu peur?

Il y eut les amours plagiaires
d'un modèle d'absolu amour
désiré en vain, haineusement accablant ton corps
tant qu'il ne restât plus qu'une grande plage
offerte à l'astre assourdissant.
Il y eut ton désert animé
par un avril de mille mensonges.
Tant d'oiseaux par la fièvre atteints, qui narguaient.
Des bulles s'ouvrant par tout le long corps.
Et le refus et les larmes, les larmes noires et claires.

Mais l'enfance, île mouvante cheminait à la proue,
embrumée dans les yeux du sommeil,
au fracas des navigations les plus périlleuses.
Pour que l'amour ait la chance de l'éveiller,
pour te récompenser de l'avoir portée fidèle.
Pour qu'il lui soit possible de te reconnaître,
qui étais destinée à ouvrir ta vie dans la mienne.
Et aujourd'hui c'est lui qui approche.
Aujourd'hui pleure de vraies larmes de femme,
                                             [pleure.
C'est moi. Je t'ai vue enfin. J'entre dans l'île.

Source totale

Je veux remonter à la source.
Je passerai la frontière.
J'irai où se fait le grand vent
avant qu'il ne se soit dessillé
dans les regards, dans les rires,
dans les marques où se dissipe
le visage non formulé.

Je suis qualifié pour te prendre,
pas encore essuyé des désastres.
Je vis mal suspendu au fil
d'un appel sans voix.
Je suis signé semblable à ton vide.
J'irai jusqu'à l'affleurement mêlé
de toi et de moi.
J'irai tant que nous reviendrons
irriguant, irrigués par l'eau vive.

Je t'ai reconnue aussitôt vue,
forme de mon désir de lumière.

Beauté blasonnée par l'absolu,
le triangle, la chevelure,
les yeux rêvés par le malheur,
la longue cuisse, la peau pâle,
caressée sans amour,
sans amour caressant,
de tes dons absente ou l'autre absent,
beauté à faire peur du désespoir,
éclatante, éperdue, presque morte.

Je veux te faire naître,
toi qui t'égarais avant de vivre.
Je veux te réconcilier.

Tous ces feux marquent des blessures.
Je veux les rendre aveugles,
pour que tu éclaires,
à fin que je vois.

Je te découvrirai cachée.
Je te ranimerai totale.

La flamme vraie reste invisible
dans les yeux qui charbonnent,
mais la femme a vocation
d'arc-en-ciel et de rosée,
d'un arc-en-ciel teint par la flamme.

Quand sera devenu ton visage
tendrement calciné par le bonheur,
la beauté s'accomplira.

Une beauté accordée au passé,
venue de l'avenir à l'avance
en innombrable don batailleur
qui change les mauvais songes,
présent perpétuel d'un devenir comblé,
si le combat nous fait tous deux vainqueurs.

Déjà j'ai repris flamme à ta chevelure,
J'ai repris souffle où tu m'inspires,
je fais eau profonde avec toi.
Dans la mêlée de nos racines
je me rassemble, je m'étire,
dans l'aubier où montent nos sangs,
assuré sur tes hautes jambes,
les bras levés dans les tiens,
j'accède où j'étais sauté,
île surgie incertaine,
écho altéré au froid,
irrésistible, intenable,
je m'y accorde continu.

Tes éclats d'avant se retrouvent
dans ton regard qui les brûle.
Mes figures ne sont plus désertes,
qui se rallient à ta source.
L'intégrité de l'amour
intégrera toute la vie.

Ta bouche muée en la mienne
allaite la parole neuve.
Mes yeux nourris par les tiens
s'émerveillent et je vois.
Tes épaules tournent autour de nous

une rose des vents bénéfique.
Ton ventre purifie le monde rond.
Nous battons un seul, est-ce toi qui brilles?
Ce Nous, de toujours interdit,
dans ta poitrine où j'ai repris terre,
Notre naissance bat toujours neuve.

Nul mouvement, aucune forme
ne satisfera jamais notre impatience.

Tu n'as pas assez d'ouvertures,
je n'ai pas assez de mille bouches
pour notre désir d'unité.
Mon amour sans reproche,
je te voudrais soleil où boire
jusqu'à n'être plus.

Nous sommes remontés de la source
par la fontaine triangulaire
où le basilic a cessé
d'avoir peur de son feuillage.
Nous ne laissons rien en souffrance.
Notre élan a couronne verte.
C'est la chance figure de proue,
aveu d'un choix perpétuel.
Les yeux fondus, présence unique.
Le profond de l'eau est clair
que mire le ciel inventé
où nous avançons germant,
un seul renflement de l'eau,
un seul nid de l'air dans l'air.

septembre 1948

Armoirie pour une arrivée
le jour de la fête des rois

Dans une halte de roi mage,
avec une longue fille sarrasine,
une maison adossée à la terre,
une maison chaude
qui s'ouvre vers nous en descendant par des terrasses.
Avec une cave et un grenier pour décharger l'abîme.
Avec une rampe de pierre ouvragée
pour calmer nos mains.
Une maison où l'on oserait vieillir.
Une maison pour être heureux, en attendant mieux.
Avec à côté un œil d'eau pour capter la lune,
auprès du logement muré de l'alchimiste.
La boulangerie en face et la boucherie.
Des gens qui apportent des fagots
et ceux qui travaillent au moulin à huile.
Avec un âne gris dans une étable, avec des poules.
Avec des losanges d'artichauts sur la contrepente,
sous les neiges de l'Alpe.
Des orangers devant la demeure aux contreforts
et une galerie comme chez les grands-parents.
Avec une odeur de soleil doré par les pierres,
une odeur ancienne comme une flèche

qui vient de loin, à la tombée du jour.
Flèche du même bois que celle qui nous emporte
ensemble transpercés,
cette longue suzeraine captive, moi captif.
Flèche qui aujourd'hui nous fiche câlinement.
Dans cette maison qui serait très capable de nous
[bâtir,
veinés et durs semblables au cœur d'olivier,
modelés ensemble comme une fougasse,
comme deux cornes de taureaux,
comme la rencontre amoureuse de deux montagnes
éternellement l'une avec l'autre
entre la mer et la neige.
Avec des portes de pierre qui savent s'ouvrir.
Avec des chambres claires réjouies par le feu.
Avec des abois de chiens et des fumées familières.
Avec une chevelure qui bouffe et qui étincelle.
Le lait gris des oliviers sur la campagne,
répandu le soir, nos visages mêlés,
l'aube et l'esprit, la nuit
s'enroulant en une roue ensemble,
ici, dans cette halte de roi mage,
pour que nous nous réjouissions l'un par l'autre
au début de la randonnée avant de repartir,
pour nous défalquer de la mort en montant notre
[tas juste,
broyeurs à la recherche de nos grains comme du vent,
elle et moi, de l'un dans l'autre mille fois
[transhumant,
jusqu'à nous fomenter le seul or qui rayonne,
la douloureuse transmutation.

Nous venons nous réchauffer dans cette maison,
au sommet surprenant d'une vie à l'aise dans
                                    [le bonheur.
Qu'importe que les étoiles manquent là-haut,
si nous apeurent les rayons de la route,
puisque demain est encore dans tes yeux.
Tes yeux, mon amour, d'olive noire et de déraison.

                              Saint-Paul-de-Vence,
                                6 janvier 1949

LES PAYSANS

(1949)

Peu de météores sur le plat pays des vieux.
Peu de métaphores entre le charroi et la terre.
Pas de prouesse pour l'esprit, pas de loisir pour ça.
Pas assez de gloire pour se jeter la tête sur les hauts
[lieux.
Le visage modeste n'a pas peur.

A la mémoire d'une longue randonnée,
à travers le grain et la paille,
aussi malgré eux.
A l'honneur du travail avec les bêtes et la glaise,
aussi par-delà.
Pour la vérité d'un homme réconcilié avec son
[lignage.
Quand l'amour lui restitue un visage vermeil, il ose.

Pour accorder les saisons de la vie aux raisons de la
[terre,
aux efforts du fleuve souterrain,
un langage se prend et se maintient par la peine,

73

la grande peine annoncée depuis l'école,
l'indivisible bien commun à partager en famille.
Il s'embrume, il reparaît, il force la voix.
Il étend ses figures avec une gaucherie juste.
Et le blason qui change tous les ans ses carrés jaunes
                                        [et verts,
prononce à chaque moment ce qu'il faut dire,
enseigne l'étiquette qu'institue le pouvoir de l'homme
en couple douloureux avec la terre.

Glorieux, trompé toujours par l'imprévisible,
si gardé par ses pas dans le même enclos,
si marqué par les savoirs lentement gagnés
et toujours incertain malgré la vaillance,
tellement dénué, besogneux, dans la longueur d'un
                                        [jour
dans l'immémorial,
paysan à n'en pas finir, ignorant.

Les longues terres essoufflées par le sillon,
les prés intarissables, arides, avides,
la lenteur permanente, les prévenances selon les
                                        [règles,
l'hiver, le printemps, la saison qui ne se fait pas.
Et l'apparition du malheur, les séparations.
Fossoyeur le dimanche, il retourne lundi
au quadrillage de sa part laborieuse.
Les fourrures de la neige ne viennent pas quand il
                                        [faut
et la lune a gêné tous les semis.

Depuis le froid de l'aube et toute la journée,
jusqu'à l'heure où le soleil s'enfonçant découvre
derrière l'habituelle montagne paisible
de plus indécises montagnes bleues qui bougent,
s'éloignent sans qu'il en ait reconnu l'appel,
il accomplit les gestes, il s'avance dans sa tâche,
derrière la croupe des chevaux, derrière les haies,
dans le contentement vague d'être dans la lumière.

Patiemment il grave sur la terre pour les nuages.
Dessinateur aveugle à la beauté qu'il trace,
il en renouvelle les dessins pour le grand ciel
                                      [transparent
qui ne sait même pas les mirer et s'en réjouir.
Pareil à l'aubier dans le tronc d'un arbre,
qui forme des cercles, ne le sachant pas.

Exonéré des soucis qu'il ne reconnaît pas,
hostile à ce qui n'entre pas dans l'avoir ou le dû
sur la bascule des rêveries difficiles, et pourtant,
plus gravement que les projets que l'argent mesure,
un gain qui ne profite pas à lui seul
l'alourdit comme est la vache pleine qui mûrit,
                                          [innocente.

Comme une meule énorme qui se défait,
cette boule qui tourne il faut la reconstituer,
en enfantant laborieusement la récolte
où les atomes de tout se gonflent mêlés aux grains.

La sueur de l'homme féconde la terre
comme le sang du cochon nourrit l'homme,
comme les rigoles satisfont les prairies,
comme le soleil pompe les cris frais de la rosée,
comme la mort réconcilie chacun avec son visage,
avec tous les autres, poursuit l'unité.

Comme la nature acquiert chaque effort à son compte
et se réjouit de mort bien pleine
pour en gonfler une gerbe mieux éveillée.
Heureux qu'en sache distraire parfois de la joie
la vie bienveillante.

Ainsi la lumière aveugle qui donne à tout
un présent intarissable, impitoyable s'échange,
se recherchant parmi les formes, parmi le temps,
à travers la terre, à travers l'homme.

Ainsi parviennent sous une paupière close,
et sans cette oreille qu'on croirait bouchée,
des figures et des voix qu'il ignore voir et entendre,
quand se tait la grosse voix faraude
et qu'il se creuse comme un grand van
à recueillir denrée plus impalpable.

Il est là avec sa vieille, il s'interroge.
Comment distinguer les racines, patientes comme des
[saisons,

d'un tronc en son hiver réfutable,
des branches nouées comme il se pouvait?

Il y a si longtemps qu'ils ont quitté, à mi-novembre.
Il veille à l'embonpoint du bœuf, il en voit le poids.
Il se réjouit d'être à la foire et de savoir vendre
suivant les rites qu'il faut avant qu'on tope,
la ruse et la droiture pas plus ennemies
que l'épine et le pigeon ramier.
La peau douce de la fermière sur le grand lit.
Les garçons et les filles se cherchant parmi l'été.
L'enfant qui rougissait quand sonnait l'horloge.

Et voici qu'aujourd'hui d'entre cette ombre,
devant les fleurs lentes à devenir belles dans leurs
[yeux
ces deux-là, après soixante années,
allégés par tant de travaux, à la veille
d'un jour de funérailles glorieux comme le jour des
[noces,
se souviennent encore des heures buissonnières.
Et la jeunesse brille au travers des ans,
comme une treille avec un chat qui cligne à tous les
[bourgeons.

Les yeux couleur d'amande qu'on voit aux bêtes
[qui poussent,
les yeux qui se confondirent parmi l'eau noire,
les yeux d'astuce habituelle de la jeune fille
ce matin-là chaleur de sarment,
le cri de l'oiseau terrible une seule fois,

77

les envies qui ébranlaient, les folies sans largesse,
tous les éclats surprenants rencontrés dans la
                                        [campagne
sont nourris par l'imagination dans de la fumée,
mêlés à la terre sèche et au craquement des saules
et reviennent dans les grands feux de l'hiver,
à la dérobée du labeur,
plus beaux qu'apparus.

Et la nuit songe au-delà de la mémoire
et l'aggrave autant que le désir le veut.
Et l'on descend dans l'eau, malgré la résistance.
Et l'on ne saisit pas bien ce que d'autres ont caché.
Et l'on voit sans savoir ce qui n'a pas eu visage,
entouré des arbres longuement portés et reverdissant.

Tant va loin qui est immobile et qui rêve
et tout rêve et se heurte en tâtonnant et se mue
en une autre couleur qui vaut, même si elle n'est pas,
de par la lueur comme un paon immense, invisible
qui n'aura jamais fini de mordorer et d'être.

Peu d'éclairs à irradier jusqu'ici de cette fête.
Peu d'échos de ce silence dans la voix de l'aliéné.
Le mince murmure inouï par-dessous les gestes justes.
Et qu'y faire, qu'y faire pour qu'il soit entendu
                                        [plus fort,
dans cette contrée où je n'ai plus ma place,
mais où je peux aujourd'hui trinquer avec cœur,
parmi les braves gens du pays qui peinent avec la
                                        [terre

et qui rajeunissent le dimanche au bal et au café.

Peu de comètes pour s'élancer de l'iris des bergers.
Peu de trèfles à porter bonheur aux champs.
Peu de désespoir ici. Peu d'espoir.

Sur la colline où le soleil de midi, rond et paisible,
tente d'abolir la forme des étendards verts,
parmi les labours du courage perpétuel,
à travers le feuillage et la brume, le gel,
en bras de chemise, en vêtements noirs,
s'étend à perte de vue en secret
la douleur mariée à la vie sans partage
pour vaincre la douleur pour pouvoir vivre,
la peine lentement commuée en la paix,
par satisfaction du devoir accompli,
bien avant l'odeur du cimetière,
pour pouvoir vivre ici à la campagne.

PASSAGE
DE LA
VISITATION

(1946-1950)

le poèm comme "machine inutile" (handwritten note)

Machine inutile

IL N'Y A PAS DE PARADIS

à *Dylan Thomas*

Je ne peux entendre la musique de l'être.
Je n'ai reçu le pouvoir de l'imaginer.
Mon amour s'alimente à un non-amour.
Je n'avance qu'attisé par son refus.
Il m'emporte dans ses grands bras de rien.
Son silence me sépare de ma vie.

Être sereinement brûlant que j'assiège.
Quand enfin je vais l'atteindre dans les yeux,
sa flamme a déjà creusé les miens, m'a fait cendres.
Qu'importe après, le murmure misérable du poème.
C'est néant cela, non le paradis.

Je venais d'apprendre par une personne amie de Dylan
Thomas qu'au cours d'une conversation celui-ci, imaginant
et rêvant, s'était écrié : « Je voudrais faire entendre la
musique du Paradis. »

83

Vision dur (handwritten note)

La vie se rassemble à chaque instant
comme une fumée sur le toit.
Comme le soleil s'en va des vallées
comme un cheval à larges pas,
la vie s'en va.

O mon désastre, mon beau désastre,
ma vie, tu m'as trop épargné.
Il fallait te défaire au matin
comme un peu d'eau ravie au ciel,
comme un souffle d'air est heureux
dans le vol bavard des hirondelles.

INUTILE NATURE

↳ *la vue animale*

Pourquoi grogne la truie? Elle ne sème pas l'esprit,
la truie, parce qu'elle grogne.
Pourquoi meugle la vache? Elle n'adoucit pas la terre,
la débonnaire, parce qu'elle la lèche.
Pourquoi bêle-t-elle, la bique? Serait-ce bien ainsi
façon de prier Dieu?
Pourquoi met-elle bas, la brebis, si aucun agneau,
jamais, ne nous rachètera?
Pourquoi les chevaux courent, longue crinière...
Qu'ont-ils à faire?

Le souffle inaltérablement vrillé par les grillons,
s'échappera-t-il, se lèvera-t-il?

*visiondor

*inutile d'écrire de la poésie .

▷doute est plus fort.

Une machine à faire du bruit,
qui s'ébroue et supplie et proclame,
pas seulement pour vous faire taire,
peut-être pas pour m'amuser,
construite en mots dépaysés
pour se décolorer l'un par l'autre,
pour entrer dans l'épais du grain
pour y trouer tous les grains,
pour y passer par les trous
pour y pomper l'eau imprenable
dont le courant gronde sans bruit,
machine à capter ce silence
pour vous en mettre dans l'oreille
à grands coups d'ailes inutiles.

POUR BOIRE AUX AMIS

Je boirai en souvenir de la blancheur des montagnes.
Je tirerai du vin du bouillonnement de la source
par-delà les hauts lieux glacés.
Pour offrir le meilleur aux amis pour les réjouir,
il faut n'avoir eu peur de rien,
il faut s'être avancé très haut.
Pour m'inviter à boire, moi aussi,
comme si j'étais devenu mon ami
par la grâce de la blancheur de la source,
pour devenir mon ami droit dans les yeux.

Le prisonnier radieux

Campé aux abords de lui-même,
pénétrera-t-il dans la chambre haute,
la claire fontaine où l'esprit se joue?
L'alouette a chanté entre ses terres meubles.
Des flocons d'azur de l'autre côté.

Délivrera-t-il le prisonnier radieux?
Les assauts n'entament pas la tour.
L'autre grince des dents, il ne perçoit pas
le signe attendu, les travaux d'approche.

Peut-être s'est-il égaré, se plaît-il
avec ses gardiens. De l'herbe couvre son chant.
Peut-être de l'autre côté, tu as oublié
que lui c'est toi encore qui pourris dans le ciel.

Et tu t'éloignes dans la forêt.
Tu te divertis avec des fleurs et des soucis.

Dans les fourrés de ma parole,
parfois j'ai distingué ma voix,

celle-là qui n'est qu'à moi-même,
comme un roseau dans la hêtraie,
comme un rayon sur le chariot,
sur le harnachement et les sacs.

Dans l'effarouchement de ma voix,
j'ai reconnu un son plus clair.
Ah ! tu l'avais donc entendu ?
Assiégeant toujours repoussé,
chaque nuit il te visitait.
C'est la voix de l'autre, c'est toi.
Sais-tu ce qu'il t'a murmuré ?
De lui tu n'auras rien de plus.

(handwritten annotations top)

→ opposé à la vision
dur.

L'idéale "maison"

↳ l'idéale pour
Af ; bâtir
pour vivre

J'AI BÂTI L'IDÉALE MAISON

(handwritten)
↳ lieu où ont
se sentbun

à *Élisabeth Rohmer*

↳ faut la crier

Je l'ai proférée en pierres sèches, ma maison,
pour que les petits chats y naissent dans ma maison,
pour que les souris s'y plaisent dans ma maison.
Pour que les pigeons s'y glissent, pour que la mi-heure
[y mitonne,
quand de gros soleils y clignent dans les réduits.
Pour que les enfants y jouent avec personne,
c'est-à-dire avec le vent chaud, les marronniers.

C'est pour cela qu'il n'y a pas de toit sur ma maison,
ni de toi ni de moi dans ma maison,
ni de captifs, ni de maîtres, ni de raisons,
ni de statues, ni de paupières, ni la peur,
ni des armes, ni des larmes, ni la religion,
ni d'arbres, ni de gros murs, ni rien que pour rire.
C'est pour cela qu'elle est si bien bâtie, ma maison.

(handwritten annotations bottom)

→ poème pour enfant presque
→ peut construire
l'idéale sans trop

88

*contraste avec "il n'y a pas de paradis"

Il y a de quoi boire et de gros biftecks dans ma
                                    [maison.
De quoi rire et de quoi s'aimer et de quoi pas.
De quoi passer sa rage et apaiser son temps.
De quoi faire attention et de n'y prendre garde.
Des fenêtres pour obstruer, des portes qui ferment
                                    [clair.
Des arbres sans horizon et des beaux. Des bêtes à
                                    [toutes voix.

Il y a place pour des animaux anges dans ma maison.
Pour des anneaux parfaits, pour les rêves qui
                                    [débordent.
Pour de petits cœurs, du genre : soupirs de veau.
Place pour le feu et pour les pierres.
Pour du nuage en foule et pour la dent des rats.
Il y aura place pour nous y étendre.

*vision idialisé, la bonheur

* métaphore : bâtir d/la maison
    comme les poèmes.

Lieux d'approche

Le lièvre des chênes parsème son souffle roux à travers la poudre hésitante des oliviers. Dans leur emmêlement innombrable la ligne des hauteurs élève en tremblant la beauté évidente... La modestie des montagnes se réjouit par mille lèvres qui échangent leurs nuances dans une tendresse qui n'en finit pas, de murette à murette, de longs mouvements roses à des triangles d'ombre pépiés par le soleil, sur tout le parcours des grands pans incurvés. Peau riante, tu m'inclines à te rendre de la lumière, promesse d'une paix heureuse.

Quand la nuit a remplacé les imaginations de la nature par la géométrie tâtonneuse des étoiles, mon amour, je n'ai pas oublié que sans toi la beauté ne brillerait pas dans mes yeux.

Grasse
4 janvier 1949

Noircissant parmi les pierres, étirait la rivière sa
langue torse qu'un déboulement au soir venait laper...
Moutonnement grenu des bêtes ou le frai de la réalité
de dessous la terre, je ne savais.

Au jour, entre les branches strictement véhé-
mentes, la lumière et l'ombre des pins se rapprochaient
pour construire, sans trembler qu'avec noblesse,
un miroir, oui... comme une vitre réfléchissante où
pût apparaître le vrai monde, la face bleue de l'ange.

*...Alentour s'essayait très adroitement la beauté
à atermoyer les collines et moi à travers elle, non déridé
encore par ces coups de lance trop clairs, — moi, plutôt
ami des fléaux — sans répit j'entendais, je réfléchissais
les corbeaux, les grillons impitoyables.*

BORD DE LA MER ET SCHISTES A COLLIOURE

à Willy Mucha

L'immobilité sans cesse renouvelée, qui tremble.
La clarté chevelue de l'éphémère dans l'épaisseur
[hésitante.
Petits grouillements enfouis entre les continents
[miniature.

Le cheminement du sang ferrugineux dans la pierre.
Le mouvement de mon sang qui s'y reconnaît.
Tous les éléments qui s'échangent font une buée
dans l'air solennel, endorment la mer.

Les chevaux de la mer sont revenus sur les schistes
[ligneux.
Ils se précipitent pour disparaître dans les livres pur
[schiste
où la mer enferme ses mémoires, pareils à son avenir.
Cent mille ans de vagues, autant de feuillets inutiles.
L'église a été taillée dans les pages argentées du
[schiste.
Pour emprisonner la lumière venue de loin, dit après
[dit.
Pour enfermer l'invisible, le pressenti, et nous en
[distraire :
L'église et le rivage et les maisons entre la montagne.
Beauté pour nous donner des yeux semblables aux
[siens, sans regard.

LE SOUVENIR VIVANT DE JOSEPH F.
PÊCHEUR DE COLLIOURE

En revenant de Collioure le plus long jour de l'année,
tellement insuffisant pour s'épancher avec l'ami
[nouveau.
Malhabiles nous sommes à nous atteindre, les hommes,
malgré la promesse entrevue dans l'eau du regard.
La pêche est à portée, mais on prend toujours si peu.
Richesses furtives qui ne parviennent pas à s'échanger.

92

Cœurs obscurcis par trop de navigations douloureuses.
Cœurs secrets, plus difficiles à gagner que les poissons.

En vain le clapotis figé par la nuit s'efforce de retenir
le train qui s'allonge dans le matin lent.
Nous sommes si loin déjà de la lueur de la rencontre,
emportés dans le quotidien, sans certitude de retour.
Mais à jamais le souvenir de cet homme comme un fer
                                                    [obstiné,
dans un coin inaperçu du cœur me blessera
d'une blessure, comme est la droiture, merveilleuse.

BLASON D'OXFORD

Le gazon blasonnant les pierres,
les larmes des pierres qui abondent dans l'ouvrage
                                                    [érigé,
ton sourire de prêtre qui retient dans le quotidien
                                                    [dimanche
le parfait désert sous la parure gothique,
l'amour dans une absence aussi brûlante.
Et ton silence bruit jusqu'aux prairies trop studieuses.
Tu t'efforces, tu maintiens le pas de l'Angleterre vieille
qui s'acharne ici où détresse est vaillance.

LACS DU VÄRMLAND

Lacs du Värmland sous le ciel voilé,
sourires sévères d'un guerrier qui dort.
Pour les corps des vierges la couleur du laurier,

dans l'eau d'airain où reposent les armes des
[Carolines.

Laisse-les dans le fond, ô Suède,
maintenues par des quartiers de granit,
clouées par les traits de ta juste lumière.
Le sapin seul pour alourdir mon cœur.
Je veux cueillir ici la myrtille et l'airelle.

1939

Selon une légende suédoise les armes des vieux soldats
de Charles XII, les Carolins ou Carolines, sont enfouies
dans les eaux des lacs du Värmland. Ce poème a été écrit
deux semaines avant la guerre.

ESPAGNE

Râpée et rose, toute mouchetée
d'yeuses maigres, et le sang invisible
sous la craie blanche qui criait.
Comme une jument pleine
de force vaine
et pleine d'un squelette pétrifié. Rien,
Espagne, rien
que mille chiens errants
parmi les ânes, partout, petits amis vaillants.
Je les bâterai avec dedans ma grande âme vaine,
tous nos malheurs, fardeaux si minuscules,
au bord du blason énorme sur la tour,
vaniteux de la gloire.

L'ânon rêve d'un mieux-être, pensif,
et le petit garçon,
cul-nu sur la croupe regarde,
entre ses doigts
à travers le vert violent. Rien.
Tu dors, figée parmi les blasons
des parcours anciens.
Et les charrues passent par les sillons,
les araires d'un creusement révolu.

Les châteaux se dressent, squelettes d'aigles,
parmi le vert violent et la pierre. L'aire
où l'on bat le blé insuffisant
resplendit à Zamarramala, vaine.
Les bœufs noirs conduisent les chars de foin. Au soir
les troupeaux moutonnent sur les berges,
ils entrent dans l'eau, dans la ville. La vie.
Et rien, Espagne, rien. Honneur et mourir.

1955

L'ABORD FLUVIAL

Entrepôts et dépôts et les ponts, mais le silence
portuaire prend au murmure des peupliers. Le peuple
à la campagne aujourd'hui, Paris veut se promener
avec son visage rustique.
    A partir du temple démantelé que le Métro
entoure soudainement d'un bruissement de ciel bleu
et de buée, l'eau plus haute que ses quais, dans son

bassin immobile rangée sous le grand rectangle inentamable, l'eau noire, ses vagues inutiles, les hôpitaux, les peausseries, les rêves écaillés, les nouvelles maisons déjà vieilles, tout l'ancien temps chevronné, la fausse armure, la salamandre à croûte grise, tous les relents, les bêtes malpropres jusque dans l'eau.

L'éclusier regarde se peigner indéfiniment la chevelure crêpelée de l'eau tombante. A peine la mémoire d'un noyé par ici. Allons, tout est en ordre... Ça coule.

Le ciel bégayant, pommelé, saliveux à peine, nuages vifs entre les passages du soleil pâle.

A droite, à gauche, les rues taillent de gris quartiers dans l'épais des faubourgs, et là-bas, là-bas la promesse de l'Oise ou de la Marne. Mais à quoi bon ailleurs plutôt qu'ici, ou demain le cri des sirènes! L'eau et moi, nous disparaissons dans le tunnel.

Lundi de Pâques
10 avril 1950

PASSAGE DE LA VISITATION

à Jacques Villon

Soudain le feuillage, derrière la haute porte, le long de la maison en retrait, ainsi qu'une promesse ancienne avec des aperçus incertains,

au détour de la bouche de vacarme du Métro,

au défaut des immeubles de rapport importants,
une demeure enclose qui hésite, qui hèle, dis-
parue...

Et nul ne vaque ici où tu avances, nul négoce
ou si peu pour ne pas offusquer le chemin d'une
plénitude peut-être...

Passage de la Visitation, si l'être y passe quelquefois c'est sans bruit.

Enfance

LA MAISON DE SENNECEY-LE-GRAND

Les douves sèches avec quelques lézards ou des millepattes, et je cherchais en vain, par-delà les herbes, l'eau qui leur avait donné naissance, le regard vrai de l'eau comme une salamandre... Mais rien alentour que les cloches de l'église sur l'ancien château, le chant des cloches dans le manteau donné de Saint Martin et, au bout du mail où tourner derrière les grands arbres, la maison où mourait mais vivait la grand-mère, à moitié rassurante.

Les portraits de famille étaient des miroirs où l'on ne se reconnaissait pas plus que dans l'ébène du lit, mais la réalité de la ressemblance était derrière quand la nuit, à travers les belles choses, je devenais tout cela que me cachait impatiemment, infatigable, le jour.

Puis le réveil divaguant parmi les cloches encore, l'éclat des meubles et le retour doré des pendules, les escaliers — bêtes tournantes, déroute et joie — le sous-sol où le vieux trafiquait près de la baignoire, le mail où les militaires blessés s'essayaient au clairon, les lauriers-roses des filles de la bouchère et leurs dorures crêpelées, le chemin du cimetière que nous prendrons tantôt avec le petit cheval, le poêle dans la niche à saint et la musique dans le ventre de l'ours, le grenier qui était interdit et vivait partout au-dessus.

Je me rencoignais dans le coin du coin. C'était à peine assez pour sentir et pour voir.

14 juillet 1948
Nans-les-Pins

LE JARDIN RAJAUD

Les fillettes n'osaient pas descendre dans l'eau — qu'habitait le serpent, disait la mère — Peureuses! Et moi non plus, malgré ces longues pattes qui se déplaçaient à la surface, d'allure hilare, formant un lacis rapide qui attirait.

Elles allaient à la cachette parmi les yeux des asters, dans le poil touffu des massifs, entre les murs assombris et sans souffle et elles criaient sans rire quand elles se découvraient pelotonnées, rouges.

La poursuite parmi les groseilliers dévoilait quelquefois d'autres fruits encore grêles et la capture parmi la terrasse finissait par un bruit de sang brûlant sous l'œil bénin des autres. Jeux.

Moi cependant, plus loin d'eux qu'ils ne pensaient, seul parmi le noir de la cabane, les mains dans les graines et bien.

3 juillet 1948

La charmille et les laurelles et la tourelle aperçue près du clocher et les vignes, les arbres bien taillés dans ce temps-là, et tout était si haut et si distant l'un de l'autre que je ne pouvais avancer qu'en tremblant d'un recoin végétal à l'ombre d'un mur.

Il était interdit d'entrer dans l'eau à cause des salamandres. Et dans les trous qui nous regardent sur le visage des dahlias, quand je les pénétrais avec des mains impatientes, il n'y avait rien. Dans le gravier entre les bordures, à lente marche sur le ventre tout l'après-midi avec les petites filles, je cherchais des cailloux venus de la mer et j'apercevais les bêtes à mille pattes dans la terre noire.

L'horloge du clocher mûrissait inaltérablement suivant un ordre sûr et l'heure étonne qui éclate dans la lenteur de l'après-midi parmi les coteaux ratissés de vignes où blanchissaient par place les travailleurs. Alors, par tout le jardin, le monde s'évanouissait dans la chaleur, mais moi, le cri ininterrompu des grillons m'avait isolé dans un château de silence.

Le voiturier monte le chemin de la Roche. Au sommet de la montagne, il disparaît. C'est un autre royaume, là-bas. Ils m'ont dit que j'y étais allé, mais ce n'est pas vrai puisque je n'ai rien vu que de pareil à ici... Le pays de l'autre côté brillait tellement derrière mes yeux qu'il perdait toutes ses figures à force d'en engendrer toujours d'autres et qu'il n'en restait plus que l'appel d'un rien, d'un vide bleu. D'autant plus fort. Et je n'osais franchir la distance pour le maintenir dans son lointain comme une réserve, inoubliable comme l'inconnu.

Que faire? Le temps était ouvert et vivace, dormant, perdu comme un liseron. J'avais tout mon temps et tout était si engageant : le sureau, les nuages, les feuilles vernissées, la mamelle étrange des vaches et jusque dans les champs la proliférante inimitié blanche du chiendent... Mais à la fin on perd le fil... Alors j'arrachais quelques graminées, je rentrais dans la maison en hurlant, je grimaçais en passant près du cheval. Et la cour sage et efficace m'adressait le divertissement d'un charroi joyeux. J'y étais à mon aise et sur la place devant le lavoir, où j'achetais un pain d'épice en forme de cœur dans le grelot de la petite épicerie. Puis j'allais rôder derrière les cuves, parmi le bûcher, parmi les pressoirs solennels je contemplais les instruments dessaisis jusqu'à leur prochaine saison et, sur les poutres, les mots des années prestigieuses.

Et toujours me revenait le sentiment d'avoir laissé encore échapper l'indispensable qui était pourtant à portée.

26-30 août 1950

J'ai laissé mon enfance dans les sentiers.
Je l'ai cachée de buisson en buisson.
Petit rêveur qui voulait se perdre peut-être,
pour que, toujours enfant, il retrouvât un jour
en jouant avec les pierres
toute l'émotion tapie.

Mais c'est un homme qui revient... Il regarde les touffes, en vain il respire les fumées... En vain le même gravier dans les allées, le papillon qui tremble fidèle au bord des choux, toutes les haies d'autrefois, le petit bois, tous les chemins des champs... Ce sont les traces d'un mort trop violemment vivant pour qu'il puisse maintenant s'y reconnaître.

... Je me souviens du froid, du cabri que nous apportions pendant le repas énorme des parents, quand le dessous de plat faisait entendre une chanson enchantée... Dans le soir où j'avais peur, dans le matin où j'étais bien, avec les chats qui se jettent par tous les trous, à la recherche de coquillages vides, penché sur la terre des journées entières, j'ai égaillé par là ma vie, mille rivières enfouies que l'eau d'une larme ne réveillera pas.

J'ai perdu mon enfance par les sentiers de ce pays ancien.

Les paupières creusées, sous la terre, peut-être me remplira à nouveau la musique bien-aimée.

5-6 février 1955

L'auberge dans le sanctuaire

à Raoul Ubac

J'entrai dans le sanctuaire et c'était une auberge...
Les solives appareillées aux poutres bien équarries
et le soleil par l'étroite haute fenêtre qui s'éparpillait
parmi les bancs assemblés. La porte charretière était
entrebâillée ou fermait mal et si n'apparaissaient pas
les tables rondes, il n'importait, c'était bien là l'étape
et le repos gagné, la promesse.

Et *je voyais* derrière la porte les formes des
barques qui nous avaient amenés ou nos chemins
peut-être qui s'étaient arrêtés là, formant un innombrable lacis noué à la façon d'un objet humble, que
reprenaient dans l'église — je ne savais comment
— d'autres nœuds taillés dans la pierre, infiniment
plus beaux et plus élevés, soutenant la voûte nocturne
de proche en proche pour nous accueillir et nous
accompagner à l'intérieur d'un grand berceau jusque
vers un lieu obscur où le secret se tenait pour être
éternellement gardé.

Et c'est là-dessous que se trouvait la crypte plus
épaissement garnie par l'ombre, mais ce n'était pas
la resserre d'où viendraient les vins et les mets atten-
dus.

... Je sais pourquoi j'ai toujours aimé m'asseoir aux tables. C'est le répit et le délassement enchanté du repas, le réconfort de la veillée avant de repartir. On va nous offrir ce que nous attendons. Nous demandons peu. Un instant la lassitude a usé l'impatience. La rumeur dont nous cherchions l'origine depuis le départ, voici qu'il nous arrive d'en surprendre un écho qui nous comble...

... Nous ne portons pas de présents. Nous n'aurons rien à acquitter. C'est nous, notre richesse et notre château fort. Nos blessures se sont mises à brûler comme des lampes et nous ont revêtus de manteaux de couleur. Ce sont elles qui éclairent le sanctuaire, c'est notre exténuation qui confirme son élan, c'est notre élan, notre sursaut devant les défis, l'assurance que nous poursuivrons jusqu'au bout à travers les dangers.

Sommes-nous assoupis, est-ce maîtrise extrême? Un sourire à peine amer perce à travers le foisonnement de cette joie, et la bienveillance de la beauté a relayé par surprise la certitude de *notre droit*, l'a cautionné à main silencieuse par la grâce de cette fête.

Allons, les chemins nous attendent... Ici, ailleurs nous sommes des routiers. Ça va mieux... Nous devons repartir.

... La nef continuait de m'emporter dans une immobilité rayonnante et coite, dans une grande vibration solennelle...

Oh! que dure encore un instant la gloire de ce sommeil ardent!

Saintes-Maries-de-la-Mer
octobre 1952

La nuit des prestiges

à Gyula Illyés

Où cela s'était-il passé, ce ne pouvait être que partout, j'imagine, car autrement comment cette lumière aurait-elle pu annuler la grande voûte avec ses étoiles et mêler ensemble les quatre éléments, se réverbérant, sans aucune source visible, des bas lieux autrefois mal famés jusqu'aux ronds-points des hautes montagnes, en tous endroits où des hommes sont en marche pour se rejoindre?

Un grand feu qui prend partout à la fois, on dirait, et la nuit s'y réchauffe de proche en proche à mesure que nous avançons. Il n'y a plus de points cardinaux, pas de repères, mais nous ne risquons pas de nous égarer, conduits où nous devions aller rien que par la rudesse et l'amitié du vent... Étions-nous déjà parvenus jusqu'ici? Peut-être le pays que nous parcourons nous a-t-il été autrefois connu. Ou peut-être est-ce de l'avoir trop attendu qui donne à la découverte l'apparence d'un retour. Et qu'importe! Le temps est avec nous comme un compagnon inventif; il active et ralentit avec justesse l'impatience qui n'est plus angoissée de nos pas. Depuis longtemps les parallèles minces des lignes des labours et des toits des usines se sont confondus avec tous les rochers dressés, dans la montée inoubliable et désormais légère.

Les périls affrontés ont avivé l'éclat des corps et nous reconnaissons celui qui débouche sans l'avoir jamais rencontré. Qui est là? La joie de tous nous environne, elle multiplie la joie et l'unifie comme s'il n'y avait pas ces foules éparses par des contrées mais un seul être circulant à travers les corps innombrables, tout le lointain ramassé dans une intimité immédiate, l'amour communiant, la mort dans la vie, vaincue.

De grandes boules bruissantes se sont mises en mouvement. Elle s'opposent, elles se mêlent... se réduisent jusqu'à n'être plus que l'une et l'autre... Et c'est la même. Nous ne résistons pas, nous y sommes pris et emportés. Et pourtant on distingue assez pour que des jouets apparus réjouissent tous les regards... Ah, des diamants brillent sur les sapins! C'est tellement simple la joie... Et l'enfant nouveau-né balbutie les premiers mots d'une langue merveilleuse qu'il ne saura plus jamais.

Car, demain, précipitera de nouveau l'opacité cruelle du jour. Tout se bouche, tout reprend forme dure ou plaintive. Sous les sourcils, des rats glissent furtivement leurs regards minces par les yeux des maîtres, et clignent de peur louche et de malheur cupide les yeux, dans le froid revenu, dans l'immensité vaine du froid gris.

4-12 janvier 1956

CHEMINS DU VAIN
ESPOIR

(1951)

SANS AVANCER

Je voulais résilier avec le malheur.
Je voulais me construire avec ma voix
en château pour me protéger.
Mais peut-être je désirais
me perdre aussi en un abîme.
C'est pour en sortir éclatant.

Je n'avais pas cédé aux défaites
si céder c'est leur donner sens.
Je m'étais maintenu sans rien,
attisant mon ombre et riant.
A force de fierté l'on prend racine
dans son futur.
A force de repousser celui
qui paie comptant, le bonheur.

J'avais établi des recours,
des raisons, de petits soleils.
Pour les oublier... Je n'y croyais pas.
Rond dans ses verres, petit soleil,
le gros vin fait autant l'affaire.

109

Je m'étais toujours affirmé
protestant contre mon contrat.
Ma vie n'entache pas ma vie. *faut accepter*
Le monde est en dérangement, de toujours.
C'est l'histoire... Jusqu'à la fin.
Les mains des rêves déchirées,
notre innocence est imprescriptible
si on la crie. *↳non-prescrit*

faut pas avoir la vanité decrier

Je voulais me séparer d'avec le malheur.
Je voulais faire amitié avec ma voix
pour m'y perdre, pour être présent
plus haut que moi pour m'éclairer,
si l'on ne peut sortir d'ici.
▷ but d'écriture
Pour aller si loin que je sois accordé à tout.
Pour servir d'exemple à ma vie peut-être
ou pour me détruire si c'est trop demander.
▷ qu'elle est le bon chemin ?
La rage ou la simplicité, qui m'aidera?
Tout vaut et ne vaut pas, il faut poursuivre.
Mes matériaux sont dans le délire,
la douleur, l'ingrate raison, *tous les*
l'effort, le sommeil. *matériaux*

Il me faut travailler mes terres meubles
jusqu'à laisser passer le flot profond → *qsont*
pour lui devenir delta conquérant, *travaillé*
château aboli sans limites.
▷aux bouches des rivières pour diriger l'eau
Je me suis ébranlé, je vais m'ouvrir.
Je sais déprécier mes biens vifs.
présent (1er fois)

110

Je me suis nanti de mon inimitié
pour m'attaquer jusqu'à faire sauter l'obstacle.
Et je me débats, égaré, je n'en peux plus,
hésitant parmi mes déblais,
dévoué à ma fureur, démuni,
dangereux, vigilant.

peut être tous c'est chose à la fois

Si je n'ai pas de citadelle
je me garde à vue,
je tromperai ma surveillance
quand il faudra.

→ je me surveillais mais je vais fuir je vais

✱ contradiction est dépassé

C'est ma folie qui a raison.
A toute force elle doit l'emporter.
L'appel est vrai. Je ne m'y tends pas en vain.
Je le sais quand je prononce et que j'écoute.

Pour dégourdir le désir d'être
jusqu'au-delà de mon pouvoir,
le sang coule dans le poème,
sort de plus loin que de mon cœur.

le poème — l'être ("being") : très proche.

L'être impatiemment se meut à travers tout.
Il éveille, il s'ignore, il est caché.
De l'une à l'autre forme il ne passe pas,
hors quand se défont assez toutes mes prises
pour que remonte et sourde soudain
au travers du silence un éclat.

→ question qui répète

Qu'en garde-t-elle, ma parole transformée?
Qu'en reste-t-il dans ma vie qui a repris?
La faveur n'était pas durable.
Le passage s'est obstrué.

↳ doute concernant la puissance de langage

111

[handwritten: Son livre est vide]

Plus dénué de tenir ce livre vide
où j'avais cru entendre une autre voix,
je suis plus mal au monde où j'étais mal,
plus séparé m'y étant retrouvé,
parcouru de pas inutiles, *[handwritten: il est à la fois]*
déchiré, m'efforçant. *[handwritten: déchiré mais continue à se forer.]*

Je n'ai pas peur de mon visage,
car je ne m'y reconnais pas.

Je ne suis pas celui que je refuse.
Je ne suis pas l'autre que j'ai voulu.
Qui suis-je? Quel autre? Comment aurais-je su
le devenir sans être anéanti?

Je suis : je forme une ombre à la lumière.
Mes ouvertures, mes prises, mes yeux, l'esprit
sont mes entraves, *[handwritten: nous emprisonne/ un obstacle.]*
l'obstacle à son entrée fraternelle.
Le rêve ne sait pas rêver assez profond.
Le désir n'est pas mû par un cœur assez fort.
Les débouchés d'éclats où je me divertis
de ne vouloir accepter mon être opaque
ne me restituent pas à l'Unité. *[handwritten: Uni à tout les mondes]*

Ma vie est dans mes mains, je ne vis que d'elle,
qui m'échappe et me tient et me marque.
Je dois la dresser en gémissant. *[handwritten: COD : "la vie"]*
Je dois m'efforcer jusqu'à sourire. *[handwritten: comme sujet]*
Je suis là pour faire qu'elle vaille
sous mon regard insatisfait.

112

Il y a peu d'échos à la voix qui appelle.
L'abîme ne fait pas réponse que j'entende.
Je maintiendrai le cri. J'en porterai le poids.
Exposé au tourment, inutile, agité,
je garde contenance,
hostile, consciencieux.

éléments contradits.

Je dénonce ma vie et j'y reste
par désarroi ou par malice,
par vaillance et par sot plaisir.
Je me déjuge et me dénude.
Je me déborde, inachevé.
Je me dénombre, impossible.
Je ne sais plus ce que je cherche,
poursuivant sans avancer
une ascension parmi la terre
jusqu'à la source incertaine,
par le désert et les orages,
parmi les feux et les nuées,
sans renfort, sans reprendre haleine,
d'une dérive à l'autre dérive
et toujours dans l'angle inscrit.

▷ après avoir atteint l'unité/
la mort c'e
paradis existe-t-elle

Un jour peut-être, de l'autre côté,
je pourrai m'élever sans encombre
parmi les mains blanches de la lumière.

▷ image jolie : main qui tombe
pour finir

Janvier-avril 1951

113

Pour ne rien perdre de ma vie.
Pour aider aux feux du plumage,
mais plutôt savoir ce qu'elle garde
au-delà de ce qu'elle a brûlé.
Pour m'assurer à mon péril
si le mieux vaut l'effort d'y croire.

Pour la désensabler du temps qui coule
jusqu'à monter pour l'étouffer.
Pour m'échapper au-dessus d'elle
ou par le fond si c'est par là
qu'il me faut répondre aux appels
venus d'ailleurs que des bouches.

Je ne sais pas s'il est un enjeu
qui justifie semblable entreprise,
tant de peines sur des chemins cherchés
pour m'égaler à mon dessein.

Sans pitié pour elle hésitante,
irréductible mon âme,
ignorante, ombrageuse, inacceptable.

Je nais toujours.
Je me dresse au travers d'une boule opaque.
Des layons me tentent d'une issue bleue.
Mais des menaces buissonnent épaissement
par-dessus le profond ciel enfoui.
Des formes d'échafaud ou des échafaudages.

Des levains qui fermentent. Des signaux.
Je ne sais. Je distingue mal ce qui se passe.
Toujours ardent, je vais parmi ma vie,
mal éveillé.

Je me hâte, impatient de prendre et fuyard.
Je tâtonne à travers tout qui m'attire.
Trop épris de mille cris pour m'entendre.
Trop captivé par tous les yeux pour m'éclairer.
Rêveur trop hardi pour bien jouir,
je dois être entraîné dans une roue plus profonde.
Que je sois réduit en statue obscure.
Je m'y risquerai.

Pour forcer un désir plus haut,
j'ai dilapidé mes désirs,
voulant dépenser mes faiblesses
pour gagner mieux.

Je me suis dessaisi sans regrets
des plaisirs trop vite froids.
J'ai oublié mes défenses,
trompé les nœuds, haussé mes forces
jusqu'à l'amour.

La femme que j'avais agrippée dans ma nuit,
la plongée en elle m'a recomposé.
Toutes les jointures que je déliais
d'une main qui s'égare
m'ont fait pénétrer
dans la vie même de la vie.

Ayant gardé pour me distraire
un cœur insoumis à son vœu,
souffle trop court, tôt dépassé,
tâtonnant par la nostalgie,
abandonné, dépris, désolé.

Je ne veux écouter ses plaintes,
rumeurs de ma fragilité.

Si j'apparais dans l'insignifiance,
je veux maintenir en secret
une prétention sur la chance
qui m'a confondu avec l'autre
un instant, une fois,
l'espérance de participer
à nouveau par d'autres voies.

Et pour le reste, tout est bien.
La rancune mûrira sans mon gré.
Je ne prendrai garde aux offenses.
Le malheur doit passer par moi, il suffit.

Je n'accroîtrai pas le désordre
que ressasse un monde en effroi.
Je ne laisserai pas mes actes
m'inscrire à son blason cruel.
Si je ne peux en rayer les figures,
mon regard reste à ma portée.
Jusqu'à la fin de mon sang,
il appartient à mon courage,
le repos tentation prématurée.

Si je sais que la Loi existe,
j'ignore ses commandements.
Si j'entends l'accent qui ordonne,
il n'est pas sûr, je ne peux m'y fier.

Est-ce le bien, la voix que je veux suivre
pour m'y dévouer?
Pour me régler sur son pouvoir.
Pour l'affermir.
Pour m'affirmer à très grand danger,
me contraignant dans sa traînée,
moi sans appui.

Quelle distance à sa forme indécise.
O misérable vie toujours rechutée,
amas inextricablement noirci.
Quel excès de dérision, quelle stupeur.
Comme la honte m'entame au plus loin.

Tout s'est dispersé, se réduit, me quitte.
Grosses vapeurs, promesses pirouettant
comme des pierres,
immobilisées soudain, tout immobile.
Si des sources travaillent, c'est ailleurs.
Ici plus rien n'est, rien n'est possible.
Qui m'a fait m'engloutir dans ce vide?
Est-ce moi seul qui me dévoue à me ruiner?

Tout m'a comblé, je le savais.
Tout ce qui m'abandonna peut revivre,
alimenté par le tréfonds.
Des sucs agissaient en secret
pour préparer une autre venue.

Je crois avoir perdu et se gardent
en mon sang ou plus bas que lui
les émois remuant par l'oubli,
qu'une rencontre chanceuse éveille.

Foison d'un recoin, j'ai laissé mon âme
autrefois dans un cagibi.
Je m'y retrouve avec mon amour,
ailleurs, ici dans la maison nouvelle.

L'accord m'a saisi par surprise.
Le temps dans ses pas solitaires m'a repris,
dans les tentatives d'un combat incertain.
La grâce est partie, nul sourire,
son éclat de quartz disparu.

Mais certains jours tout est facile.
Le monde ouvert, profitons-en
pour prendre la peine d'être heureux.
L'écho d'en bas n'a plus de souffle.
Des lumières ont bougé dans les branches.
Un bonheur arc-en-ciel s'élève
si les cœurs savent se contenter.

Espoir, traîne rapide, oh, oui!

Le soleil sait rire pour ceux qu'il aime,
les arbres, les enfants, les fêtes,
les oripeaux, l'ardeur légère.

L'ensoleillement, c'est pour les herbes.

Moi, le noir encore du dedans gagne.
Des racines sans répit
me repaissent au néant,
m'attirant pour m'affaiblir
où je croyais, perdue ma voix,
m'abîmer dans la vie véritable.

Dans le silence où les échos, les désirs,
les éclats se sont pris ensemble,
qui donc a le pouvoir de me réduire?

Qui donc s'est soulevé? Quel inconnu
s'exalte en mon absence,
dans l'énergie hostile réconciliée?
Mais je renais... Déjà je suis dans le tumulte.
Déjà je veux le retenir dans son reflux,
quand je profère, la parole transformée
par la présence qui s'évanouit,
un monde qui se forme.

Qu'en reste-t-il dans ces objets qui tremblent?
Poèmes, miroirs infidèles
d'un mirage peut-être.
Sous le couvert de leurs rayons surprenants,
témoins douteux à renchérir pour mieux tromper.

Je m'épie parmi ma conquête.
Pourquoi je m'y reconnaîtrais?
C'est moi si peu le responsable.
L'autre, je ne l'ai pas connu.

Je suis le même encore. Je me retrouve
seul, ennemi de moi, étranger.

Je me débats. Je me défie. J'essaie.
Ma vie toujours.
Et rien. Je m'y poursuis en fatras.

Je vois plus clair, était-ce utile?
Je me suis compagnon parfois.
Je suis avide. J'ai froid. J'aime.
Je suis perdu. Je n'ai pas peur.
Je fais des gestes. D'autres. Les mêmes.

Ces présents ne sont-ils pour personne?
Je m'active et suis nul. Je ne m'appartiens pas.
Je voudrais m'arrêter, je m'échappe.
Je vais tracé sur mon chemin.

Bon voyage.
Bonne continuation, bon voyage.
Bon repos.

Qui donc a pitié ou plaisante?
Qui depuis toujours me parlait?

Je me souviens. Je me découvre.
Je me suis défait, inlassable.
Dépouillé j'ai saisi pourquoi
mes zéros, je les ai voulus :
je me prépare... Mais si je rêve?
Si l'on me rêve? Je ne sais qui?
Oh! Il n'importe, j'ai ma compagne.
La seule inconnue certaine
s'intéresse à mon entreprise.

Promise, mais différée la noce.
Notre père la destine à chacun.
Toujours en suspens, chuchoteuse,
en amie qui ne rompt pas contact.
Je me tiens dans son obédience,
dans son ombre monumentale.
Ma vie sous ce baldaquin,
ma vie, mon lit défait, je ne veux pas
dissuader la mort de son lit.

                              Juillet-octobre 1951

A LA GRÂCE

Par-delà mes ruines
toujours fraîchissantes,
écho non coupable
en l'obscure arène
où je me débats,
sans nulle manœuvre
soudain apparue,
égarée peut-être,
énergie lointaine,
je ne sais pour qui,
je ne sais pas où.

Échappée au temps,
éclat non complice
dans ses lents replis,
misère et vaillance

121

mon sol dérobé,
élue sans contrainte,
égalant mon vœu,
elle est là secrète
et brille au-dessus
du chant qui implore,
du chant qui accuse,
par-delà ma voix.

A demain mes morts
continûment fraîches,
comme il fut hier,
comme est aujourd'hui
la vie devenant.
A travers mon cœur
et autres emblèmes
où il s'accomplit,
l'Esprit s'est levé
d'entre ses combats.

J'affirme sans preuve.
Je tiens le contraire.
Il n'importe pas.

Il n'est pas de père.
Aucun parchemin
ne m'a convaincu.
Je crois en la grâce.
Je parie pour elle.
C'est la respirer
que d'en être épris.

J'ai tant fait d'appels
sans avoir de signes,
tant de vains efforts.
A force de rage
et n'acceptant rien
que tout assumer,
l'âme sourirait?

Faveur inouïe,
car la récompense
n'est pas méritée.
Non plus le malheur.

M'élevé-je en elle?
Je n'ai plus de poids.
Je chante à la grâce,
même s'il n'est rien
que par mon amour.

OÙ EST MON PAYS?

(1954-1959)

ANCIEN TEMPS

Moulin sur l'eau, vieux pensionnat
pour les blés et les souris.

Étampes
21 mars 1954

ANCIENNE MÉMOIRE

à Jean Bazaine

Déjà, le front contre la pierre,
de mille années je me souviens.
De la France jeune, juchée sur les collines,
de la soupe épaisse et des creux d'eau dormante,
des cultures enclavées dans les forêts approfondies,
des premières vendanges et des nouveaux promus,
de la lumière étonnée de la lune pleine,
de l'éclat matinal du manoir et de la métairie,
des poires en espalier et des viviers sans nulle peine,

127

des corbeaux patrouillant et de leurs cris d'effroi,
du feu qui s'envolait de la vierge vaincue,
de la neige sur les épines où l'on s'enfonce,
des aubes malicieuses et des couchants salis,
du grand soleil reverdissant la montagne,
du long courage des grands-parents,
de la finesse du bois travaillé,
des abdications et de l'honneur,
de la mort très ancienne,
de la douleur quotidienne,
de l'amour amer,
du bonheur pâli,
de toi de moi, si peu que rien.

SILENCE EN BOURGOGNE

Le treillis tendre des peupliers, les hauts murs
où se cache minutieux le temps pépiniériste,
les collines très loin de l'ancien château,
les communaux objets de litige, le charron
s'est rompu un membre il tourne
lent autour des roues jaunes,
la charrue, le coq près du pressoir,
l'étang au-dessous des tuiles vernissées,
tremblantes dans l'eau parmi les feuilles,
et sur la haie les vignes, le chardonneret.
Bonheur rouge des vignes en automne.
On a rentré le sulfate de cuivre, les hottes.
En hiver tout est clair et se délimite.
Répit, répit. Les chansons chauffent les grandes salles.

La poussière du charbon sur la glace pâle
avance dans le petit port fluvial lentement
et les péniches comblées attendent pour partir,
sous l'horizontale rouge lueur mouillée,
à travers le paysage usinier ancien.

Ville natale exécrée dès l'enfance, et pourquoi
si je m'en suis allé il y a si longtemps,
comme s'en va la locomotive après le tournant
et le nuage empourpré qui demain reviendra?
Et les bâtiments directoriaux éclairés de nuit
sont là toujours
derrière la grille d'ancienne autorité doucereuse,
entre le petit pont qui descend et monte
et les fumées d'industrie,
brillant à feu calme autour des grands arbres,
le long de l'eau épaisse porteuse de chalands
qui vont partir et crient,
oh, de longtemps si noire ici l'eau
que prend la glace, aujourd'hui,
qui fond comme je m'en vais.

à Anne Clancier

Le clapotis viendra-t-il jusqu'à la fenêtre,
apporté par le sable et les immortelles,
accouru du lointain ténébreux?

Béguinage de pêcheurs au détour des chemins
                                    [dormants,
maisons menues, bonnes gens, le poids léger du nuage
sur la rose trémière au pas des portes.
L'amour du monde est facile, est gai dans ce village.
La mer est douce à l'infini en cette journée.
Regarde qui brillent les taches vertes et violettes,
les faux marbres violents de la mer,
sur les bords pour te plaire.
Sous les festons de dentelle bruissante qui s'approchent,
se déploient, se déroulent,
fruits de l'eau, bois rongé, carapaces, méduses,
réjouis-toi bien avec les petits hochets de la mer
qui s'égoutte, qui s'en va.
Sur l'immensité dessaisie, des enfants jouent.
La campagne tremblant de lumière pâle s'éclaire,
et nul n'épuise au long du parcours bocager l'accueil
des volets verts sur la maison blanchie.

Bonheur pareil auprès de l'ormeau. Dans la chambre
remue l'ombre de l'arbre avec le soleil.
Répit dans la coutume de la maison modeste,

sous les solives, au bruit du loquet, répit
avant les traversées, la tempête, l'écueil fatal.

Saint-Clément-des-Baleines-en-Ré,
juin 1957.

PAYS RETROUVÉ

Mon cœur moins désaccordé de tout ce qu'il aimait,
je ne fais plus obstacle à ce pays bien-aimé.
J'ai dépassé ma fureur, j'ai découvert
le passé accueillant. Aujourd'hui je peux, j'ose.

Je me fie au chemin, j'épelle ici sans crainte
la montée, les détours. Un songe vrai s'étale.
Je m'y retrouve dans le murmure qui ne cesse pas.
Le vent, rien que le vent me mène où je désire.

Des paroles inconnues me parviennent familières.
Des regards bienveillants me suivent dans les arbres.
Je me reconnais ici, j'avoue mon pays la terre ici
et toute contrée où des hameaux apparaissent,
où des coqs flambent près de la tour,
avec la verveine dans le potager, les massifs entre les
[murs.

Les rangées des vignes se tiennent sur les versants
et les nuages se promènent lentement dans l'azur,
creusant la plaine où les céréales jaunissent.
Tout est beau qui s'entrouvre aujourd'hui où je passe.

131

O je me souviendrai de ce vrai pain des hommes.
Je veux goûter de ces raisins qui sèchent,
pendus sous la galerie.   ⟜ levin = bonheur

CAMPAGNE

Le temps, le lieu en bon accord ici
où le passé ne passe point.
Qui vient pour troubler la campagne aujourd'hui?
Qui se trouve mal ailleurs, qui vient par ici
où tout se meut au pas du cheval?

Qui meurt, qui naît ici où rien ne bouge?
La même alouette s'élève au ciel, tombe, repart.
Au mur la même assiette où le coq flambe
en trois couleurs, venue de l'ancien temps.

Le paysan salue celui qui passe, il est chez lui.
Son ombre ne pèse pas sur le sol qu'il creuse.
Debout dans l'étendue de son paysage quotidien,
seigneur de la terre arable et des prairies,
serviteur prévenant des plantations fragiles,
suzerain des animaux domestiques.

Bonheur longtemps promis, bonheur acquis d'emblée.
Le parcours se confie à la courbe du sentier.
Tu descends, tu vois s'élargir entre les bois, disparaître,
le triangle d'un village dans sa fumée.
Tu es parti dans la compagnie de l'aubépine.
Tu franchis la barrière et l'enfantin ruisseau.

132

Des animaux paisibles te regardent.
Sur un champ, une charrette se dresse bleue.
Dans le vallon en mouvement ordonnancé,
le vent sur le blé jeune va déplaçant les moires.
Tu avances, tu es parmi la noce perpétuelle,
incessante. Les oiseaux émerveillent
la liberté de tes pas.

Resplendissement de la plénitude jusqu'au lointain.
La lumière aujourd'hui exalte dans sa gloire
les armoiries de l'homme aux couleurs de la terre.
Voici les rectangles disposés sur l'immobile versant,
le charroi sur les chemins, les sillons et les vignes.
Voici les murs patients, les jardins potagers,
l'église auprès du poids public, l'école et le tilleul,
le portail et les haies proclamant la possession paisible.

Le paysan à l'auberge s'encourage avec les amis.
Que disent-ils? Les bâtiments qui tombent, les fonds
[délaissés.
Puits taris, feux éteints, l'espérance obscure. Les
[friches
gagnent sur le plateau. Reparaissent les bêtes
[sauvages.
Qui possède quoi?

Les héritages démembrés, les anciennes limites qui
[s'effacent.
D'autres domaines se sont accrus, se sont défaits.
Les maisons demeurent parmi l'honneur naïf du
[pigeonnier.
Elles accueilleront les nouveaux maîtres, magnanimes,

entre les rames de haricots et les giroflées.
Mais la nature seule est maîtresse perdurable. Et
                                        [l'homme.
Tout est pour tous puisque rien ne reste à aucun.

Beau présent que nous acquérons parmi l'émoi d'une
                                        [journée
sous la bienveillance terrible du soleil.
Toi qui reviens dans la contrée que tu avais perdue,
rêveur émerveillé par le pays ancien,
sans amour tu ne saurais pas remplir tes yeux.

Tricolores t'accueillent avec le bleuet l'églantine,
le coquelicot parmi le seigle barbu.
La feuille filigranée par la nature végétale
tremble menue au vent léger avec les clochettes,
toutes les fleurs des champs, les cendrillons.

Les longues pièces de terre écrites à la charrue
pour être effacées par la moisson,
le petit mille-pattes luisant de la herse,
le moulin de la faucheuse mécanique
que fait tourner la belle eau verte du foin frais.

Le cheval déboule le long des meules,
apeuré par les voix étrangères.
Roulé dans l'ombre parmi l'herbe,
cligne le chat au regard de silex.

En bas la loutre et l'anguille s'évitent dans l'eau fine.
L'épervier tournoie dans le superbe été.

Les cris des coqs y tissent une torpeur ardente.
J'entends les meubles craquer et les chevaux se
                                             [battre.
Les chiens sont étendus le long des niches, ils rêvent.
Dans son eau brune l'étang a réfléchi
plus de rayons qu'il n'en luit au ciel.
La fraîcheur verte est montée jusqu'au grenier,
par la lucarne je vois scintiller l'ombre.
Beauté de l'instant, issue des éléments contraires,
l'éternité saisie sous le nuage menaçant.

Les hameaux à long bail entre les collines,
l'amitié d'un grand arbre pour la maison basse,
les murs au soir semblables aux pommiers,
les toits enclenchés comme des pièces de terre,
la barrière et la montagne,
les récoltes et les calamités,
tout se ressemble dans le commun visage coutumier.

Tout meurt, tout naît ici, rien qui ne change.
Tout s'achemine en mûrissant, tout meurt, tout vit.
La même terre violente qui se meut lentement.
Les mêmes gens sont là... D'autres! Ce sont les mêmes!
O promesses de la félicité!

L'avenir s'élèvera-t-il comme au souffle des saisons,
passée la dernière nuit de l'hiver,
les arbres se sont dressés tout blancs,
l'oiseau-phénix nous salue du haut des branches.

DERRIÈRE LE VILLAGE

pour madame Jacqueline

Le bleu du ciel parmi les fruitiers, le vent pâle.
Le cri du coq assourdi entre les espaliers.
Sur les plates-bandes bien ratissées, les rames des
                                                    [haricots
qui bruissaient se sont tues. La pluie n'a pas rayé
la dorure du soleil par le jardin. Une femme
est penchée sur des groseilliers, le long du haut mur.
Le chariot sous le hangar et les sillons
où s'avance le corbeau solitaire. Méfie-toi, village.
Cachés par les meules voici les soldats qui s'approchent
pour accomplir le massacre des innocents.

                          La Forêt-Sainte-Croix,
                          mars 1959

QUI POSSÈDE QUOI?

Qui possède quoi dans ces enclos? A qui est-ce,
la montagne investie jusqu'au sommet,
les murs patients, les blés jaunes, les amandiers?
Serait-ce à toi, à toi, ce beau domaine,
la maison, la pièce d'eau précieuse,
l'enfant qui crie sur la pelouse?
Ah, qui saura retenir entre ses mains

les murs qui tombent, la fleur immuable,
les héritages démembrés, les puits taris?
Des familles éteintes, qui lira les noms
sur la mousse des tombes oubliées?
Et le vent, les rochers, et la mort, à qui est-ce?

OÙ EST MON PAYS

à Maurice Estève

[handwritten: ➤ contraire de l'autre]

Où est mon pays? Pas où je suis né,
dans le charbon qui marque jusqu'aux façades;
alentour les prairies trop vertes et vertes,
le naïf contentement des coteaux mamelonnés.

[handwritten: ↘ moque le pays]

Où est mon pays? C'est dans la détresse. *[handwritten: ➤ ce qu'il connait]*
Des rumeurs qui couvrent le bruit de l'eau vive.
Des monceaux gisant sous d'autres douleurs.
Les appuis qui cèdent, les renforts qui traînent.
Le regret s'avive quand l'espoir noircit.
Qui retient, qui porte le sang qui m'entraîne
vers quelle unité? C'est dans les détours.

C'est dans les lointains aux confins d'ici.
C'est hier perdu sans avoir su luire.
Ce n'est pas ailleurs, ce doit être ici.
Je cherche et je trouve presque, et je perds.

[handwritten: ↳ movement qu'il perds]

C'était en voyage avec la calèche,
quand on s'arrêtait chez le maréchal.

[handwritten: ✶ il se souvient des pays qu'il a visité]

Ouverte aux liserons, Saint-Martin-de-Laives,
sur la colline immensifiée par l'enfance.

... Ou parmi les pierres géantes sous la lune,
quand le scorpion sort de la cabane de pierre.
... A l'instant où la tour s'abîma dans le ravin,
lorsque la pluie fouettait le paysage rond.

Dans le regard d'un fleuve qui m'a fasciné,
dans l'arbre ténébreux sur la maison ancienne,
dans la violence du faubourg, dans sa blancheur
                                    [de plâtre,
lorsque la nuit un peu plus s'obscurcit.

A Urbino dans l'odeur de futaille,
gardée par des meules sur les collines.

A Gênes, à la Maddalena, dans les salons populeux
qui marchent, sous les grands oiseaux d'azur
que taillent les faîtes des hautes demeures,
par la splendeur d'été.

A Nantes où chaque maison un pilotis d'acajou,
un nègre encore vivant dans l'eau la soutient;
elle sombre.

Au Sacromonte, sous le fouet de l'orage luxuriant,
quand se découvrirent les seins de la fillette nubile.

Dans Arles quand le doux lait de la lune
transformait à la minuit le champ des pierres
en un saccage de taureaux blancs.

You est mon pays : lievx des du
passé qui n'est plus là

Et quoi encore? Lesquels reconnaîtrai-je
de tant d'autres lieux qui m'ont transporté?
Était-ce ici ou là vraiment la patrie,
dans le saisissement de la joie,
dans l'effroi et dans le désert,
à la limite où j'allais m'évanouir,
frappé par certains éclats furtifs?

Où est mon pays? C'est dans le poème.
Il n'est pas d'autre lieu où je veux reposer.
Tombeau vivifié par le flux des sèves,
ma vie morte y chante à voix toujours fraîche.
Prends-le dans ta voix, tu entendras crier
l'univers qui violemment y construisit un nid
et s'enfuit en tumulte. Dans l'étrange ramage,
je me suis reconnu et je reprends naissance
de par la foudre qui m'anéantit dans l'unité,
dans ma neuve parole.

Voilà mon pays, le collier de ma mort,
la grâce advenue à l'abandonné,
le berceau rayonnant où je n'ai jamais peur.
Un multiple château étoilant la nuit lente
par l'énergie du tout dans l'infime douleur,
relaie l'espoir, l'action n'est pas vaine ni l'amour,
le monde avec l'homme communique.

Où est mon pays? C'est autour du chemin.
Les contrées se creusent, le temps parfois s'entrouvre.
J'ai mené combat avec la terre, j'accrois mes forces.
La rage cède à l'effort, la fureur signifie.
S'il ne m'accable pas, le malheur doit briller.
Je poursuis, je fais confiance, je vois clair.

139

Je connais mes blessures et j'attends d'autres peines.
J'attends d'autres joies et je salue la vie.
Tout est ma patrie, que je saurai porter.

DANS L'ARBRE TÉNÉBREUX

à Eugène Guillevic

Dans l'arbre ténébreux où je suis agité,
la mort qui circule avec la vie
se tient si calme où je suis parmi elle.
Le vent brille alentour. Déjà dans la prairie
sur les touffes et sur les fleurs la rosée disparaît.
Pourquoi ne pas sourire au beau jour qui m'entraîne
dans un monde semblable à moi, violent et rond?

Animé par l'éveil, peut-être encore je rêve
quand je secoue mes feuilles, un instant hésitant,
à travers la beauté qui me réchauffe et qui me plaît.

Je m'étends dans ma force, j'y ramasse
ramages et parures, je me dresse.
J'entends le grand murmure qui s'enfle et qui
                                    [s'incline,
qui reprend et m'emplit, je m'enivre de moi.
Les astres sont mes yeux, je joue à m'enchanter.
Je vibre inépuisable au bonheur de l'été.
O bonheur d'être.

Clapotis mordoré, magma de moires
qui bougent au bruit de la lumière
sous le ruissellement de l'azur incessant,
la lune et le soleil mêlés entre les branches,
orné ému par le remuement des oiseaux.

Pourquoi m'enorgueillir, quelle tendresse vaine
si je ne sais me fondre à l'infini
dans l'étendue où ne pénètre pas mon ombre courte?
Que puis-je atteindre ici, quel autre je prépare
dans mes graines loin de moi levées, autres pareils?
Et que m'enseignent à travers les ans qui m'élargissent
les proverbes des racines, la faconde du vent?
Je ne sais si je m'efforce ou si je suis bercé.
Dans la rumeur, me faut-il reconnaître ma voix?

Frémissement sinueux, douleur et tempêtes, lent
                                        [voyage.
Le soir tombe et la nuit s'appesantit, le matin perce.
L'hiver, la sève suspendue, rentré en moi,
je me tiens dans mon bois inerte, au printemps
je gravis l'étagement des ramures, je m'exhausse.
Architecte incertain de ma forme changeante,
je suis là au pouvoir des saisons, immobile.
Les minéraux naïvement sous l'herbe,
avec l'eau dans la terre, passent par moi,
la foudre et le grand gel, les nuages qui crèvent,
tout l'univers ardent à me faire, à me perdre,
qui l'ignore et poursuis. Et à quoi bon
mes feuilles soulevées par le souffle chanteur,
si la mort va et vient partout où je respire?

141

ÉPITAPHE

Lorsque je serai mort, avec de la poussière
sur les buis — et les chiens joueront avec les enfants,
personne n'est en faute — le soleil
luira dans l'étang pour se délasser,
au matin sur les plates-bandes une buée perle;
emmêlé avec les plantes je croîtrai parmi elles,
éparpillé avec les graines, délivré.

Tout sera en ordre, ni plus ni moins. La nature
brouille les pistes, poursuit ses jeux, elle rit.
Bienveillante avec d'autres, il le faut croire,
jusqu'à les lâcher quand il lui plaît.
Mais quel tremblement dans vos voix sera-t-il
                                        [demeuré,
de ma voix qui avait parlé pour vous?

MÉNERBES

(1953)

Pour honorer une odeur de fumée
soudainement remontée d'entre les pierres,
une odeur de sarment venue des cheminées
d'une enfance lointaine, loin d'ici,
sur ce bateau où j'avance, bâti sur la pierre ferme
en pierre ouvragée, île de pierre dans l'azur,
qui appareille par le grand vent, immobile,
pour faire apparaître notre pays d'ici,
notre unique pays au profond de la terre.

Village aucune fois rencontré, aussitôt natal,
parole sage, accueil entrevu
d'un dimanche perpétuel au pas des portes.
La longue route lentement encoquillée
poursuit autour de l'olivier inattentif.
Mamelons imprévus, cirques dépassés,
socle sans fin de murettes pour s'élever jusqu'où ?
Là-haut l'aigle Lubéron se trace une aire immense.
Un cèdre, au sommet, s'approche du précipice.

J'ai pénétré dans la patrie, je la cherche ici.
Lorsque le car s'est arrêté près des lauriers-roses,

j'ai retrouvé la vraie contrée qui m'était promise.
Oh! j'y vais accéder. J'arrive au centre enfin.
J'avance encore. J'écoute. J'entends.

Le hennissement des chevaux laboureurs
multiplié par la montagne
dans la chaleur qui embrume
jusqu'au cri ardent des coqs,
l'absinthe et l'acacia auprès des cintres,
le sang blanc du sureau, ses fruits noirs
que mâchonnait l'enfant écervelé,
la cage aux tourterelles sur les remparts,
les caves entaillées dans l'épais du rocher.
On monte et l'on descend. La beauté change de
                                    [visage
pour mieux tourner ses racines au tréfonds de l'âme.
Chauve et tachetée, la montagne tout alentour
s'incline et se redresse immobile,
faisant surgir les villages comme des blasons.
Sous le soleil qui trace une grande roue, le paysage
entrecroise ses rondes coupées d'ombre.

Voix inventive, accord juste auquel je m'abandonne.
La rumeur me remplit, le château est à portée.
Les chemins me conduisent peut-être, je suis en
                                    [route.
Attiré toujours plus avant par les forces qui
                                    [gravitent
pour recomposer et pour dissocier,
ébranlant toute la terre à partir de ce tertre ancien,
depuis les parcelles tendrement ratissées sur les
                                    [terrasses

146

jusqu'aux fouillis obscurs où les serpents vont sans
[peur.

Machinerie toujours en marche où le passé
se porte à ma rencontre
de rue en ruelle quand je monte au sommet.
Plénitude venue des vieux temps... O ravagée!
Le presbytère est défoncé par les figuiers,
les voûtes effondrées par le soleil,
les débris des créneaux exhaussent l'entassement
[des pierres.
... Monuments herbeux, débonnaires splendeurs
[dévorées,
puits bouchés, eaux perdues, mais l'eau vive coule
[encore
et le vin pur est sur la table, le raisin,
largesse de l'homme pauvre qui demeure.

... Prison hautainement réservée pour le plaisir,
une retraite précieuse est appendue à l'abîme.
Sous les voussures ornementées des trois rondes
[fenêtres,
un scorpion rôde entre les lierres,
sade et secret, cherchant à qui faire mal.
Qui hanta ténébreux cette haute demeure
pour fixer d'un œil d'aigle, avide, le soleil?
Tournesol en cent journées d'un sanglant délire.

Le paysan fait la sieste et le serpent dort.
Le boulanger joue aux cartes avec les amis.

Murs et tours, escaliers, roues des chars,
le soleil de l'après-midi a composé
le déroulement d'un paisible maintien...
Je suis au frais sous les tuiles creuses,
dans la pierre voûtée.
Cent diamants, par les trous des portes,
émerveillent la pénombre où je rêve.

Je rêvais, j'inventais les chemins. Je suis debout,
                                          [je rêve.
Je prends par les plateaux. Des sauterelles
                                      [m'accompagnent.
Frêle seigneurie, cavalcade pâle parmi l'herbe.
Dans la combe oubliée j'entre dans la maison
                                          [enfouie.
Je suis les rangs des vignes. Je gravis les sentiers.
D'une colline à l'autre à travers la campagne,
au milieu du rassemblement des armées
de rochers en marche par la trouée,
parmi les grands ossements de pierre, les éboulis,
j'aperçois présente partout, toujours nouvelle,
cette île qui m'entraîne et qui se garde.

Je monte à nouveau vers le sommet. Je ne sais pas
si je m'éloigne ou si j'avance.
Je connais chaque détour maintenant et les marches,
le chat enfantin sur la galerie chaude.
Promesses... Des souvenirs déjà, bien-aimés.
En vain je m'emplis, j'interroge.
Et je ferme les yeux pour être enfin comblé.

Qui me retient? Oh! Je ne puis forcer cet éclatant
château de pierre, m'y trouver confondu
dans la respiration énorme que je pressens,
interdit, séparé.

Ce n'est pas la cigale qui prononcera le secret
dans la douceur de l'air au long des pentes,
mais peut-être à force d'écouter au milieu d'eux
les âmes devenues sereines, les bâtisseurs.

Les morts sont à la proue, les morts anciens
dessous les tombes abandonnées.
Leur songe nous gagne dans leur champ clos,
à travers l'absinthe, les herbes folles.

Tout ce qui vit peut porter pierre, soufflent les morts.
L'impossible aussi dont la citadelle ne défend pas.
L'ardeur à se perdre et la patience.
Rien ne comble jamais, l'homme n'irradie pas.
Il faut aimer
la beauté qui perdure et les hautes approches.

Lieu sacré où l'haleine de l'homme s'exhale
pour nous inquiéter ou pour nous apaiser.
Je me détourne incertain, je regarde lentement
ce pays hors d'atteinte où le monde résonne.

S'il est un secret, c'est que le bonheur
se tient sous la menace

comme la salamandre entre l'eau et le feu.
C'est que la beauté n'est pas durable :
L'homme ne sait pas répondre longtemps
à la bienveillance qu'il appelle.
Déjà l'on enlève les tuiles des toits, les maisons
[s'abandonnent.
La laideur s'étale aux boutiques, tout le pays
[descend.
En vain nous touche ici la plus pure lumière.
L'heure s'inscrit sur le cadran : *Ultima forsan.*
Oh! n'ayez pas peur! La mort permute aussi
avec la vie et tout est bien.

Tout s'engouffre dans la roue pour activer ce qui
[viendra.
Rien n'est perdu, le désespoir ni les vaines approches.
Ni la nuit ni la joie. Tout s'échappe et fait trace,
affleure autre et mouillé par la source,
dans le secret de la violente aspiration.

Être où s'évanouira l'homme triomphal,
quand interfèrent l'azur noir et la nuit apaisée.

Seule victoire, oscillant toujours hors de nos prises
peut-être. Il n'importe!
Le temps qui tellement a mordu et mord,
j'y peux vivre,
si nous parvient dans l'odeur de fumée,
dans l'oreille éblouie par la cloche ancienne,
aujourd'hui, un écho de l'unique harmonie.

Je fais un dernier tour. Je suis heureux.
                              [Je revois tout.
Je longe les remparts. La montagne m'environne.
Dans la plaine les travailleurs sont penchés
                              [sur les vignes.
Je suis les rues. Je les connais. Je vais de surprise
                              [en surprise.
Dans l'enclos près de l'église je m'attarde,
je ramasse des amandes.
Le berger monte le chemin.
Le car arrive dans son petit tumulte.
Je vois le chien perdu et les joueurs de cartes.
Et sur la place haute je vais saluer,
encore une fois je regarde
la déesse Raison avec sa poitrine de sirène,
petite république dressée devant le palais municipal
pour nous instruire d'une possible dignité de vivre
au long des déambulations dangereuses.

On part. On va partir. Nous ne sommes pas des
                              [étrangers.
On dit un mot en passant au menuisier, au forgeron.
De vieilles gens très gais font entrer dans les jardins.
Les voyageurs ont droit encore au dernier verre.

C'est la tombée du jour. Le ciel a déposé un moment
son bleu lourd sur les pierres du cimetière. Les
                              [contreforts
sont rentrés dans l'église qui s'étrécit.
Et voici que toutes les couleurs s'éteignent. La nuit.

Et ce sera la nouvelle journée. Ici, ailleurs,
tout recommence.

Nous nous tenons par la main sur ce bateau
de pierres et d'azur et de figuiers.
Nous avançons par le vent sans peur,
assurés de l'effondrement et des prestiges,
confiants dans l'avenir tous les deux.

PETITS AIRS DU
MILIEU DE L'ARBRE

(1942-1948)

L'HEURE DE L'ENFANT

pour Anne Ubac

Au milieu du clocher la grande poule a pondu
un gros œuf qui marque les heures.
Le soleil se pose sur lui à midi pour le remonter.
Le matin, le soir le couvent, chacun à tour de rôle.

La lune, la nuit, l'endort pour qu'il se repose,
mais il continue sa besogne en rêvant.
Et à l'aube un petit coq en sort, qui chante,
qui saute, se perche vite sur le paratonnerre.
Les cloches sonnent pour le distraire ou le consoler.
Voilà mon pays où le temps se forme comme il faut
pour que je désire t'y voir naître et imaginer.

NOËL MODESTE

Un petit âne pour tenir la promesse,
avec des poules qui l'accueilleraient,
avec un veau pour veiller son visage,
avec nos paroles pour le réchauffer,
notre silence ouvert pour y garder son cri,
une voix d'ange dans son oreille modeste,
une croix sur son dos, de la paille,
un ânon gris dans une étable pour nous sauver.

NOËL AU CHEMIN DE FER

Saint Joseph n'avait jamais vu de locomotive
et il avait peur de perdre les billets.
C'était un soir de grand départ, la gare enfiévrée
par les multitudes et les sifflets, les lumières.
Arrivés trop tôt, trop traîné au buffet...
Ils n'avaient pas retenu leurs places
et l'on a dit qu'ils s'étaient trompés de train.

Personne pour leur souhaiter bon voyage.
Les amis n'avaient pas été prévenus.
Crachant fumée jaune et bleue comme un dragon,
le train changeait de voie aux aiguilles
et change encore, il va plus vite, il va.
Disparaissent les banlieues et les signaux.

Debout dans le couloir. Qui donc aura pitié
d'une femme grosse et si belle et qui geint?

Dans le compartiment voisin, des zélotes
s'empoignèrent en partageant leurs provisions.
Des soldats rappelés faisaient les malins.
Un publicain qui avait commis des exactions
et sa maîtresse, une négresse très belle,
occupaient les coins côté couloir.
Le grand prêtre faisait semblant de lire.

Un train passa en fracas et l'enfant
dans la nuit maternelle déjà s'effraie.
Filons dans l'étendue, il neige, il pleut, qu'importe.
Il fait chaud jusque sur les ponts bruissants
lorsque fraîchit la rivière traversée.
Déjà le temps s'endort et les villes s'espacent.
Des forêts sont franchies et des bourgs,
                              [la vallée monte.
Aux stations inconnues les barrières
s'abaissent et se lèvent dans la campagne
arrondie très haut par la voûte étoilée.
Le chant des anges assourdi par les nuages
ne perce pas les grondements du wagon.
La Vierge ferme les yeux contre la vitre, elle voit.

— Tout le monde descend — C'est le petit jour.
Saint Joseph a rassemblé les bagages.
L'employé ouvre les portières.
Sur le quai l'âne et le bœuf
sont là et déjà chuchotent.
Ah, dit Marie humblement,
c'est ici que la parole doit s'accomplir

(Légende pour une gravure sur bois)

Trois docteurs en bonnet carré,
de tous les savoirs habités,
par le trèfle et par les pommiers
leur âme chante.

L'Esprit se meut dans la campagne
et leur esprit bat les buissons.
Il n'est de savoir hérité,
il n'est de monde qu'inventé.
O floraisons de la Conscience.
En pays de source agitée,
l'Esprit se perd et se retrouve.
Ils cherchent sa voie dans les eaux
et dans le feu, leur âme est pleine.
Lourde jeunesse au front forcé,
étendue sur les fleurs des prés,
étourdie par le tourbillon.

Hölderlin, l'aurore l'enivre.
Il s'en va par l'autre chemin.
Hegel, il soumet les méandres.
Toutes les moires... durs liens.
Il est le maître. Ses fils cassent.
Par de grands détours il s'avance.
Mais viendra sa moisson lointaine.
Schelling, il est tout irisé.

Ils disputent, rêvent, ils chantent
des hymnes à la Liberté.

Le dimanche est à la Nature,
et vient l'aube, ils sont là encore.

Les jeunes filles les regardent,
ont respect de leur grand savoir.
Même leurs coiffes ont souri.

Les oies passaient, les nuages
ont miré leur fuite dans l'onde.
Par la Souabe sur les prairies,
trois docteurs en bonnet carré
pesaient le monde.

PLAINTE DU DERNIER RESTANQUÈRE

pour Andrée et Fernand Dubuis

J'ai restanqué tout un village
J'ai restanqué tout un vallon

(Chanson de restanquère
Carpentras, 1823.)

Dans la Provence et les montagnes,
allant de commune à commune
avec mes mains pour seul outil,
j'élève et je maintiens les murs.
Le sol en pente, je l'arc-boute
pour l'établir en terre ouvrable.
Cet art si beau qu'on m'a transmis,
c'est d'architecte de la terre.

159

Je suis compagnon restanquère.
J'étais, car tout ça s'est perdu.

Parmi les pies et les cigales,
avec le mulet qui m'aidait
j'ai mis en ordre la montagne,
j'ai repoussé la friche en haut.
Sans mes terrasses, mes murettes,
sans moi il n'était de labours.
Paysans après vos journées
vous retournez à vos maisons.
Aux maçons maisons et chapelles,
moi j'avais un autre métier.

Boulanger, ta main dans la mienne.
A nous deux les plus beaux métiers.
Ainsi tu travailles ton pain,
j'allais appareillant les pierres.
Ton four est noir, ton pain est blanc.
Plus lourdes sont miches de pierres.
Le soleil brûle et les mains gourdes.
Le ciel bleu m'est un four sans fond.

Si les murs tombent aujourd'hui,
peu leur en chaut, point n'ai commande.
Ils ont asséché les bas-fonds.
Les machines vont dans la plaine
où sont la vigne et les vergers.
Tous les hameaux sont descendus.
L'olive reste aux oliviers.
Je suis vieux et j'ai la hernie.
Je vais mendier dans les villages.
C'est trop tard pour une autre vie.

à Jacques Prévert

Il en a vu autant qu'un autre,
mais il croyait au bonheur.
Il était seul à y croire
et il persévérait.

Il a fait peur au vilain
pour aider les amoureux
à s'émerveiller d'une rose.

Il a enlevé l'épine
de vieux ciel affreux.
Pour les cœurs percés,
parmi les fleurs du soleil
il a fait voir dans ses mains
la joie sans mélange.

En jouant avec les mots,
en parlant aux animaux
pour amuser les enfants,
il a maintenu l'empire
de la réalité
qui est douce, qui est belle,
qui a les yeux bleus,
la fleur à la boutonnière
— seulement quand la regarde
mon ami Jacques.

LES YEUX BLEUS

pour Marie-Catherine Bazaine

Dans le bleu du ciel
voguaient deux oisons
en petite culotte.

Ils épiaient l'été.
Leurs nez en bourgeonnaient,
leurs nez olives d'eau
cerclés de nénuphars.

Peut-être ils voulaient dire
un secret de plus haut,
pour nous prémunir
d'un grave danger.

Peut-être avaient-ils crainte
et voulaient-ils quitter
tout simplement
l'eau et la terre?

L'enfant qui les voyait
avait peur de joie.
Bêtes qui chantonnaient,
où allaient-elles?

Le poème ne le sait,
mais peut-être l'enfant
vous le dira.

LE GRAND VAGUE

pour Lucie Scheler

Un chameau dans le fond de l'eau,
digérant de la mousse,
la saveur d'une aube oubliée
remonte le long de sa bouche.

Un chameau, du milieu du feu
sans roussir ses bosses,
nous met de côté des lanternes
pour éclairer nos vœux.

Un chameau dans les yeux du ciel
attend pour descendre,
avec des bêtes inconnues,
des oiseaux, des nuages,
ils sont pour nous.

QUELQUES MOTS DU CHAT

A la mémoire de pauvre défunt chat Chiffon

J'ai mon quant-à-soi, dit le chat, vous m'en blâmez?
La vie est méchante, comment saurais-je
savourer mon lait dans la paix, la liberté?
Pas de souris, je les écarte : Mon odeur!
Pas de chatte que j'adorerais, ils m'enferment.
A la place leurs caresses, leur familiarité.
Et ce vilain matou qui miaule dans la glace.
Alors il me faut m'assoupir dans mes cachettes.
Ou bien je bondis sur les meubles. Je hume.
Je pousse tout en bas pour jouer avec les débris.
Que fait encore le chat? disent-ils, ces toupets!
Comme si je n'avais pas mes soucis, moi aussi!
Le chat, il a son quant-à-chat quoi, comprenez-le.

20 juillet 1956

164

LE BON APÔTRE

Un poisson pour que l'eau soit bonne.

Jésus, je pense à toi, tu montes dans mon âme
sur le port où le lait de l'eau est couleur d'ange.
Les estivantes dévêtues sont sans vertu
et dansent sur les flots comme toi en Judée,
brassant la mer orange et la brise les berce
comme ta mère te fit. Mais l'eau veut le travail.
Pour que l'eau plaise à Dieu il faut la savonner.
Les péchés que je pleure, tu les veux pardonner,
puissant blanchisseur à bon savon de ton sang
que je prie.

Tous les chevaux des champs pâturaient dans l'église,
mangeaient l'herbage saint comme de vrais Judas.
Je m'assieds dans les bancs parmi les bigoudèn.
Dévotement je cuve l'eau de mer que j'ai bue.
Des kilos de varech m'ont donné la berlique,
mais le pain de ton sang est vin qui tient au corps
et vomit les erreurs qu'on fit en mauvais lieu.
Le pipi des enfants c'est leur prière au Père,
et moi je suis des tiens sous mes airs fanfarons.

Dieu, poisson qui s'est pris dans mon cœur lâche.

Bénodet
2 septembre 1945

165

PARMI LES SAISONS DE L'AMOUR

suivi de

LA LUMIÈRE DE L'AMOUR

et de

FEMME DÉSERTE

(1946-1960)

PARMI LES SAISONS DE L'AMOUR

Si l'amour de l'amour se fait terre,
mille colombes se sont levées
pour accomplir l'horizon marin.

LES FILS BLEUS DU TEMPS

Les fils bleus du temps
t'ont mêlée à mes tempes,
toujours je me souviendrai
de ta chevelure.

Après l'amertume
tant d'autres pas vides,
loin par-delà l'oubli,
mort de tant de morts
si même vivant,
un éclat de ton œil clair
est monté dans mon regard,
toute l'ardeur de ta beauté
se répand même à voix basse
dans tous les jours de ma voix,
un signe épars dans le miroir transformé,
une douceur dans la confusion de mes songes,
une chaleur par les seins froids de ma nuit.

Je meurs de ma vie,
je n'ai pas fini.
Je te porterai encore,
mon feu amour.

L'AMOUR COMME

Comme un amas forestier la fille consentante.
Comme une source en haut de l'arbre la fille convoitée.

Comme une statue d'amiante une femme interdite.
Comme un ventre de jument une bouche embrasée.

Comme une rayure de quartz une femme attendant.
Comme un chaos de pierres une femme perdue.

Comme un cuivre qui luit l'épouse aimante.
Comme une branche reverdie la femme aimée.

CŒUR MAL FLÉCHÉ

La flèche qui se prépare, qui te dépasse, qui t'agace,
qui se rapproche, qui se détourne,
la flèche qui se fichera,
qui te délivrera,
ta flèche.

Qui la garde?
Tenue sous quel sein
qui peut-être s'y blesse.
Empennée d'un sang qui cherche le tien.
Elle chemine en vain, se tend, elle tremble.
Elle doit t'atteindre... Oh! Comme elle te manque,
celle qui t'attend, qui ne sait pas, qui gémit.

Nous serions tous deux comme une montagne,
au pain bleu du ciel mêlés : un seul cœur.

Mais peut-être à tort tu veux, tu t'exposes,
tu fais ce qu'il faut pour forcer l'amour.
S'il n'avait été prévu pour toi
— mais tu le savais — qu'une flèche,
de la mort.

SANS AMOUR

L'amour n'a pas peur de moi.
Je lui donne ses régals,
de ma vie tout ce qu'il veut.
Je lui fais seule demande :
qu'il ait pitié, qu'il ne m'oublie.

5 juin 1946

FOL ENVOI

C'est un nuage
qui m'avertit,
toi qui l'envoies,
c'est tout l'hommage
que le vent porte
à ma détresse,
que tu veux rendre
à ma disgrâce,
j'ai tout perdu.

Septembre 1947

La source confiante que j'avais reconnue dans le visage ténébreux, je l'ai retrouvée ici où elle est née, parmi les deux châteaux modestes et la chaleur suffisante des lignes justes de l'hiver, dans la vaillance qui sourit d'un blason de rocs et d'eau passante, ordonnancée par les demeures, lorsque l'inapaisable esprit consent à la difficulté plus haute d'une vie qui se voudrait heureuse simplement, non diminuée par son bonheur.

SUR LES REMPARTS

Toujours mille flèches de soleil, chacune est pour nous.

Il fait chaud ici comme la terre est ronde comme l'œil est visible du bonheur.

Au-dessus des remparts où le soleil couchant éparpille sa boule énorme entre les orangers, toi, tout à l'heure, tu laisseras monter tes seins dans mes paumes pour dorer notre nuit.

[annotation manuscrite : menace de / perdre cet[te] / solitude / (la/ce de / l'amour)]

Au milieu de nos bras emmêlés, *→ intertwined.*
enfoui parmi la parure des corps trompeurs,
notre amour que nous savions luire,
quelle rumeur déjà le consterne.

Au milieu d'un seul cœur composé *} physique et*
des battements de toi et de moi, *méta.*
le remords de ce qui surviendra *↳ aspect de*
nous a remémoré la solitude, *l'Unité (le*
nous a remâchés si vagues, si froids *couple –*
que nous ne savons plus nous tenir chauds. *l'union)*
↳ répétition

Et pourtant toi seule, toi, *↳ l'idée qu'on est*
quand j'avançais dans ton désert, *vraiment seul*
le monde autour s'est épanoui. *(vide) mais*
En balbutiant notre bonheur, *en avançant,*
notre victoire devenait la sienne. *le monde est*
Accomplissement en un seul éclat. *fleuri.*

↳ innocent, naïf (tous les deux
Mon enfant qui m'as donné vie, *sont amour*
pour perpétuer notre unique sort, *et la femme*
malgré l'ombre qui se souvient, *qu'il aime)*
il faut nous accorder plus serrés
dans le chant de nos cœurs emmêlés,
il faut nous garder loin du vent. *↳ répétition*
Et pardon d'avoir eu peur. *↳ qui pourrait*
↳ peur de l'amour de toire
(il demande 1951
pardon)

173

MORTE L'ANNÉE

Mort de l'année, enfin Noël.
L'ultime battement est pour toi.
Le vent a retenu son souffle.
La neige enfouit tous les ravages.
Plainte apaisée, le cœur distrait,
entre les verres et le grand feu.
Descente et plaine, cœur lumineux,
cœur épuisé. Les amis sourient : Es-tu là?
O joie éclate, car il est temps.
Minuit, soleil bleu enfantin.
La montée reprend avant l'aube.
L'an neuf n'aura rien oublié.

SI L'AMOUR FUT

Mon amour, était-ce toi ou mon seul élan,
le nom que ma parole a donné à son désir.
As-tu existé, toi l'autre? Était-il véritable,
sous de larges pommiers entre les pignons,
ce long corps étendu tant d'années?

L'azur a-t-il été un vrai morceau du temps?
N'ai-je pas imaginé une vacance dans l'opaque?
Étais-tu venue, toi qui t'en es allée?
Ai-je été ce feu qui s'aviva, disparut?

Tout est si loin. L'absence brûle comme la glace.
Les ramures de mémoire ont charbonné.
Je suis arrêté pour jusqu'à la fin ici,
avec un souvenir qui n'a plus de figure.

Si c'est un rêve qu'éternel amour,
qu'importe j'y tiens.
J'y suis tenu ou je m'y trouve abandonné.
Désert irrémédiable et la creuse fierté.
Quand tu reviendras avec un autre visage,
je ne te reconnais pas, je ne sais plus voir, tout n'est
                                                        [rien.

Hier fut. Il était mêlé de bleu et frémissait,
ordonnancé par un regard qui change.
Une chevelure brillait, violemment dénouée,
recomposée autour de moi, je le croyais.
Le temps remuait parmi l'herbe souterraine.
Éclairés de colère et de rire, les jours battaient.
Hier fut.
Avant que tout ne s'ébranlât un amour a duré,
verbe qui fut vivant, humain amour mortel.

Mon amour qui tremblait par la nuit incertaine.
Mon amour cautionné dans l'œil de la tempête
et qui s'est renversé.

Blanche était la façade sous la lune,
bleue était la maison par l'azur,
grise et douce était la maison tous les jours.

Ardente était la maison, modeste et pleine.
Malicieuse, ô maligne était la rue alentour.
La rumeur engorgeait la ville et s'apaisait.
Des gens marchaient, tes pas mes pas, le lit, la rêverie.
Les portes se fermaient. Les fenêtres cachaient la peur,
du seuil jusqu'aux recoins dorés par le jardin.

Elle éclaircissait les regards obscurs.
Elle adoucissait les cœurs entamés.
Elle atermoyait l'abîme, l'arbre adossé aux nuages.
Elle était appuyée à la terre-mère, au soleil.
Elle murmurait avec bienveillance.

Les meubles luisent toujours, les rideaux sont propres.
Mon amour défait n'a pas laissé d'ombre,
il n'a rien su prendre et l'a dépouillée.
La demeure qu'avec un autre tu aimas,
solitaire, ne l'interroge plus.

Si intimement promise au désastre et droite.

Pourquoi tant la rêver et que t'est destiné
le regard surprenant de qui tu contemplais
la pâleur entre tes larmes
et qui s'effaça
sous le porche définitif.

S'IL S'ÉTAIT

S'il s'était
livré à l'impuissance
pour trop vouloir.

S'il s'était
défait en non-amour
par trop d'amour.

S'il avait entrepris
d'entamer la sirène
et poursuivait.

Si ne valait pas décidément
notre grief
et tenter au-delà.

S'il était faible et fou.

Ayez pitié.

Il me faut te dire morte pour oser rêver à toi,
Patricia que j'avais accordée à ma folie,
petite fille formée pour ravir
qui te trouvas là, disparus.

Ton langage n'était que de sourire et d'embrasser,
tendrement assurée de ton pouvoir candide,
une apparence de bonheur indifférent,
le silence pour parfaire l'éclatante parole imaginée,
un liseron dans les cheveux, une jambe enfantine,
le sang léger qui colorait l'exacte rose.

Tu dansais, tu charmas. Déjà j'entrevoyais
s'avancer dans tes yeux où la gaieté veille
la guerrière cruelle au débouché du sourire innocent.

Non, ce ne fut pas convoitise, mais vertige
devant l'irremplaçable forme qui m'est de toujours
interdite... O sois heureuse,
petite chasseresse à l'orée enfantine de ta course.
Et que Dieu te garde irrésistible, insaisissable,
Patricia.

1

A une femme

Donne à ce mort l'aumône
d'un souvenir imaginé.
Il t'aimait tant. Aie pitié de sa mémoire,
au péril de ton honneur auquel seul il croyait.

2

La femme murmure

Dites à ce mort de se taire,
qui dans sa vie fut sans pouvoir,
vaguant comme la mer
en rumeurs vaines,
dans un désastre remâché.

Dites à ce mort de se taire.
Oh! Dites-lui
que je suis sienne,
s'il n'est plus là!

DANNEMARIE

Par l'Ile-de-France allait un chevalier.
Fier il s'avançait, la longue jambe : La jeune fille.
Enjouée, apparue au milieu des enfants.
Sans défaut, pourquoi craindre, qu'attend-elle ?

Un grand silence l'accompagne, souriant,
dans lequel se mire le regard clair.
(Voudrait y pénétrer la mort peut-être.)
L'œil immensément garde la rivière,
le Neckar reflété par les forêts.

Oh ! Aller avec vous, Anne Marie,
parmi les peupliers gris, parmi les saisons,
chaque jour de la semaine, à chaque aurore,
notre haleine dorée, tous nos pas confondus !

C'est un rêve, n'est-ce pas ? Vous avancez seule,
jeunesse noble et troublée, du loin des âges.
Le plus haut dessein prévaudra, source incertaine !
Éclate la joie... *Je ne serai pas à votre bras.*

Allez donc, étrangère en ce pays
qui sera vôtre, jamais le mien.
Le dimanche, tous les yeux du ciel
s'entrouvrent quand vous passez,
dans tous les villages qui portent nom
Dannemarie.

Dannemarie-sur-Opton
Rome-Paris 1960

LA LUMIÈRE DE L'AMOUR

De toi, de moi, d'où sortait la lumière?

Dans la grande bienveillance de l'âtre profond
où je me flattais de brûler pour me découvrir
comme un rayon de flammes et m'éclairer à ma
[lumière,
quand celle-ci était l'amour qui sortait de moi
parce qu'il était destiné à qui j'étais voué.
Et je multipliais les feux, j'embrasais l'alentour.
Je croyais en un pouvoir d'aurore, perpétuel.

Tu étais fière et incertaine, innocente,
bleuissant le malheur comme un lac ravagé
par un secret enfoui,
t'aimant toi-même, une mort dérobée non loin,
les larmes rayant ton visage, un arc-en-ciel
toujours prêt à s'élever comme un souffle entre les arbres,
mille éclats faisant sourdre un univers ravi.
Et moi quêtant plus profond que la beauté sous le
[regard,

marqué par tout, irréductible, désolé,
vivant trop assuré du malheur de vivre.

Nous nous étions rencontrés dans le dénuement,
après les premiers mirages et des larmes amères,
parmi les faux pas, le silence, les rumeurs,
affirmant notre droit aux épreuves mortelles,
chacun dans son désert, qui voit dans un vertige
peut-être la promesse d'être une fois comblé.

Nous nous sommes reconnus. Le monde s'est ouvert
dans un grand balbutiement où se débattait
tout l'ancien malheur aboli sous les regards neufs.
Dans l'éclat de l'unité que lui composent
couleurs et taches tout à coup s'harmonisant,
chacun se dresse nu, il s'avance vers l'autre.
Il le touche et le presse. Nous sommes emportés.
Ensemble une lumière nous dépouille et nous change.
La grâce doit régner. Le temps nous enveloppe,
lentement consumé par le bonheur.
Je donne et je reçois, je donne; ainsi je suis.
Je progressais dans l'aventure mortelle comme il faut.
Je le croyais.

Qu'avais-je su prendre? Qu'ai-je donné à qui?
Que pouvais-tu recevoir, qui avait voie différente,
formée pour t'avancer
par les feuillages d'un jardin enorgueilli?
La lumière touche qui lui plaît. D'où vient-elle?
Enfants nous sommes. Chacun s'achemine,
gardé par sa nécessité.

Nous nous étions trouvés, nous devions nous
[déprendre.
Et qui affirme se trompe, qui croit en soi se hausse
[en vain.
L'unité que je poursuivais avec nos cœurs tâtonnants,
si elle anéantit quelquefois nos limites,
ce fut malgré toi, malgré moi peut-être.

Le destin de chacun, ce sont les allées de sa mort,
les tournants de sa vie, mais c'est pareil.
Il s'y trouve engagé dans la direction prescrite.
Et nul ne saura enfreindre plus qu'il n'est permis
l'ombre de l'autre jusqu'à s'y confondre.
L'événement ne prévaudra pas sur le parcours.
Je le savais dès l'origine.

Il n'y a pas lieu de maudire ni de se plaindre.
Il n'est pas vrai qu'ils n'étaient pas accordés.
Lesquels pourraient bien l'être plus?
Chacun s'aime soi-même et se porte dans l'autre
afin de s'y reconnaître en pays étranger,
et qu'il doive y découvrir le moteur qui l'anime
ou ses propres rayons, c'est un leurre.

Non, ce ne fut pas une mauvaise rencontre
par un vent d'automne indécis,
mais le vœu d'impérissable amour après l'exaltation,
les délices, l'égarement, la lenteur morose des
[journées,

à la fin s'est brisé contre notre différence
et nous sommes séparés désormais,
sinon déjà exclus.

Ton absence me remplit de remous qui me creusent.
Ton absence me saisit. Parmi les feux remémorés,
c'est l'existence d'une morte, qui prolifère.
Une puissance, à me perdre, innocente,
s'agite en moi maintenant, ne me quitte plus.
Et je vais en me défaisant. Si tout éclat me frappe,
toi qui rêvais, qu'es-tu devenue?

Je m'étais épuisé d'avoir trop écouté
ma parole dans ta voix, ton souffle dans ma poitrine.
Je t'avais si lentement ourdie pour dorer,
des lieux sombres jusqu'à l'azur, le monde
                                    [inquiétant.
Je t'avais formée médiatrice. Est-ce ta faute
si, telle figure obscurcie, je n'ai plus de pouvoir?

Si je suis sans vertu, le monde n'a plus de sens.
J'y vague à l'abandon comme bête égarée,
comme un tourbillon qui a perdu sa force.
Nul appel ne m'éprouve, nul signe ne me porte en
                                    [avant.
Et bientôt et déjà je ne sais plus où fuir,
tout l'alentour incertain maintenant,
où je passe et où je trépasserai dans l'opaque
au milieu des indécises rencontrées,

tous les jours aveugles maintenant
parmi les simulacres et l'habitude.

Ce n'est pas la nuit mais le désastre blafard,
un désert sans cesse enhardi, l'ennui tiède.
Derrière un sourire feint, quelque feu marmonne.
Sous le gazon ornementé, l'âme hagarde.
Une image perdue nous fait mal, quand elle se
[décolore.
Et s'élève dans l'âme un hurlement inentendu des
[autres,
quand la dérision frappe les souvenirs bien aimés.

Entre les murs de pierres sèches comme en un
[*souterrain,*
sous le ciel couvert par l'embrun s'assombrissant,
la dernière île du bonheur dans les chambres de pierres
par la rose trémière enclose et par l'escargot,
dans le petit béguinage marin où j'avais peur,
malgré les volets verts et le loquet familier
et le klaxon du boucher au matin clair,
les bonnes gens dans les jardins.
Un silence solennel rôdait
dans le ronronnement inouï de la mer.
La dernière île du bonheur, vraiment.
Mais déjà je me perdais seul dans le labyrinthe
autour de la maison des amis,
regardant les fleurs pâles.

Non, ce n'est pas aujourd'hui la nuit qui s'éclaire
aux grandes profondeurs : Une allégresse y monte
des éléments confondus dans l'esprit réconcilié.
C'est le cœur de l'être qui bat en toi. Son mouvement
annule ton poids, ta résistance porte le flux,
sa lumière émane de toi.

Aujourd'hui ce n'est plus qu'une plage dessaisie,
la terre ingrate où je demeure avec moi seul,
sans éclats ni ombrage, sans horizon ni vent.
L'impatience abattue, je me tiens immobile
par l'espace hébété. Ton absence
continue d'écarter les possibles visages.
Mes deux yeux ont blanchi. Nul ne passe à portée.
Nul feu en moi n'exulte ni gronde. Pas à pas enfermé
dans un vide qui crisse à la voix de corbeau,
je suis là en un lieu où le monde est lointain.

Mais rien n'est décisif et de nouveau, peut-être,
revenu du désert,
me tenant agrippé au bord du renouveau,
je pressens ma naissance et des mains qui
[s'approchent,
la montée, le délire, la chute fatale.
Pourquoi cette vie!

Dans l'âtre obscur où se préparent les flammes...
Mais sans amour il y aura un futur
et à défaut d'un autre, il y aura l'autre sans nom,
l'être sans avoir, ennemi absolu,

il y aura un combat à lui mener jusqu'à la fin...
parmi la cendre parfois rougeoyante je poursuivrai
cet effort sans issue, seul.

Elle s'est dissipée, entraînant dans sa chevelure
tout l'univers arable, a délaissé la nuit.

Peut-être, était-ce toi d'où sortait la lumière?

15 février-15 avril 1959

FEMME DÉSERTE

CE MIROITEMENT

Ce miroitement n'annonçait pas la lumière.
Je le savais, et toujours ce n'est rien.
La lueur d'un ancien regard perdu
empêchera le monde de briller.

Doucement hagarde, au sourire clair, déserte.
Des vertus, j'en ai honte.
Si je suis bonne c'est pour m'amuser.
Aride, impénétrable.

Pour rameuter les petites espérances,
m'en faire un nid qui ne serait pas froid,
le semblant d'un bien, tout comme.

Partir à l'aventure et poursuivie.
A parcourir à tout hasard le vide,
me divertira bien une fois un sourire.

Sans me démunir du désastre le miracle
d'un visage parmi les arbres, poignant.

Flammes vives pour moi mortes,
toutes pareilles, moi morte.

Plutôt qu'à vous qui voulez me combler,
je fais appel au désert inlassable.

14 juillet 1960

UNE FOIS ENCORE

Une fois encore l'inutile rencontre.
Pour avoir trop aimé en vain
autrefois,
à qui pardonnerai-je?

Je suis à la recherche d'un sourire perdu,
s'il m'était destiné.
Il a glissé dans l'ombre et je me suis défaite,
tremblante comme un nuage.

J'avance très vite parmi rien, toujours,
au hasard d'une marche sans lumière,
intrépide.
Et j'attends l'éclaircie, à défaut
d'être brûlante pour resplendir.

Je suis sourde et ne peux parler, j'essaie de rire.
Les peupliers, les regards passent sur la route
entre les buissons de rêve saignant, leurs éclairs vains.

Quand sera le repos d'un clair sommeil sans rive,
où rien ne retentit? Eau douce, eau morte enfin,
le songe aussi n'est plus.

15 juillet 1960

SI J'AVAIS PITIÉ DE MOI

Si j'avais pitié de moi
j'essaierais de la vertu,
mais comment duperais-je
la fournaise d'absence?

Le corps ne s'entache pas.
Je le donne pour me distraire ou par bonté.
Qui saura si j'ai honte? Mais l'espoir,
peut-être il le faut sauvegarder.

Ni ici ni ailleurs. Je ne suis plus vivante.
Qui naguère appelais-je en vain? Aujourd'hui
il ne reste plus de figure
à mon tourment.

Ma mère est assise dans le jardin.
Elle ignore, elle sait, elle est glacée.
L'arbre veut s'avancer vers moi.
Je ne peux revenir.

Je me tiens au temps qui est très lourd.
M'irrite parfois une douceur imprévue.
Si je ris avec les enfants,
je ne suis pas encore perdue.

Un fatras de nuages, couleur de sang,
s'est arrêté. Oh! Qu'ils me prennent!

16-28 juillet

VŒU

Gardé par vos yeux transparents,
le secret luit avec lenteur,
très noir est le tourment.
Mais un grand ciel plein de larmes de joie
veille sous votre front.

27 juin 1960

TOMBEAU DE MON PÈRE

(1939-1952)

suivi de

POUR L'OFFICE DES MORTS

(1959)

TOMBEAU DE MON PÈRE

Les morts sont toujours jeunes
                    [et la vie ardemment pâlit.

Mon père, depuis que tu es mort
c'est toi qui es devenu mon petit enfant.

Je te vois entouré des draperies funéraires,
conservant le patrimoine de fierté sur ton visage,
les pâtures et les bois étendus près de ton lit.
Et tu es incertain
parce que tu m'avais voulu éclairé selon ta loi.
Et je suis devant toi tout brouillé par la détresse.
Dans mes yeux troubles, une énergie
que tu ne sais peser.

Le plus noble regard qu'un homme ait laissé à un
                                        [autre.
Et moi rongé par les bêtes, les rayons difficiles,
sans œuvre inscrite que d'avoir tout perdu.

195

Je n'ai pas de répondants que tu puisses accepter
et, moi-même, je ne suis pas sûr de mes témoins.
Un risible, un rêveur échoué, qui ne te l'aura dit ?
Avec ces paroles qui me sortent, des statues de vent.
Oscillant entre la facilité et l'impossible,
sans passer par les lieux où les hommes rompent leur
                                                    [pain.

Après tant d'années où je n'ai pas pu
à cause des larmes,
le jour est venu où, plus fort dans les périls,
j'ose m'avancer pour te rendre hommage
et devant toi me justifier comme j'en ai besoin.

Alors je me tenais isolé dans ma fureur,
sans bien distinguer entre la droiture sans entaille
et les vieilles armoiries démantelées,
agité parmi les tremblements et les perspectives,
contestable comme l'est un homme dans le désordre,
à sa révolte plus d'insultes que de raisons.

Il y a si longtemps que j'ai refusé votre ordre
et la croix qui le somme du dieu étendu,
cadavre de gloire au malheur duquel
il faut compatir pour qu'il nous console.

Mais Dieu n'est pas mort, il n'est pas, c'est moi qui
                                                    [meurs.
Il naît, lui. Il n'en finira jamais de naître,

196

non pas votre dieu mais un autre, inconnu,
parmi l'agonie de notre vie respirant,
parmi les frémissements et les rocs jusqu'aux nuages,
celui qui ne prend pas de figure.

Celui-ci n'est pas facile à honorer. Il le faut.
Je dois prendre part à son accomplissement.
Je suis fait responsable par le temps.
Sur notre terre. En danger. Seul.
Il ne viendra de renfort que d'entre nous.
Il n'y aura pas d'ascension.

Je n'en sais donner raison, mais je suis là,
acharné à m'ériger à partir de mes bas lieux
jusqu'à rompre ma consistance pour vivre en vraie
[vie.
Je résiste de toutes les forces de mon opacité.
Je dois me faire mon maître par la nuit, mon
[bourreau.
Les épines, la couronne, tous les instruments sont à
[moi.
Justifié, je peux l'être dans l'espace de ma journée,
si de mon insuffisance je ne prends le parti.

J'ai peiné dans la peine des autres et dans la mienne.
Dans le désert non désirable de l'amour,
je me suis battu.
Insatisfait jusque du bonheur, j'ai affreusement ri.
Je me suis provoqué de cent manières.
J'ai fléchi, j'ai fait face, je n'ai pas eu la force.
Je suis vaincu. Je n'abandonnerai jamais.

Je poursuis éclatant parmi mes vomissures.
Cette sorte de victoire que je veux gagner,
quand viendra la fin,
j'aurai tenté du moins d'en marquer le prix.

J'ai dépassé le milieu de ma vie, j'ai persisté.
Ce que tous vous appelez l'ordre, notre échec,
à haute voix mensongère, légiférant
et qui tient, éternel encore s'il change,
je ne l'accepte pas plus que mon édifice tremblant.

Comment n'aurais-je pas cru au rêve de lutter
                                    [ensemble?
C'était pour nous établir en harmonie.
Quand les grandes promesses retombées sur nous
en drapeaux méprisants
nous ont bafoués,
fidèle à l'homme sans plus l'espoir
de déjouer l'irrémédiable,
que reste-t-il hors de témoigner selon ses forces?

Que porté-je dans les mains qui sache bruire?
Quelle profonde musique
à laquelle seraient les hommes redevables,
assez douloureuse et resplendissante pour les
                                    [émouvoir.
Mais qui saura m'assurer s'ils y retrouvent
notre tragique innocence, notre vraie bonté,
donateur dans l'incertitude.

Je ne veux justifier ma vie que par ma vie.
Je n'ai pas eu pitié de moi.
J'ai subvenu autant qu'il faut à ma fureur.
Fragile, inébranlable, portant toute ma charge
au long de l'impossible dessein.

J'ai repoussé la main des dieux :
je suis un homme digne de vivre.
Si notre lumière est froide, si je le sais,
alors je peux me réjouir.
Les oiseaux rient parfois, les visages embellissent.

Des yeux dans d'autres yeux, mille arbres ont grandi.
Je n'ai pas peur. La dignité impie a bon visage.
Je suis parmi les hommes dans l'inutile cargaison.
Je ne méprise aucun de ceux qui sont ici.
Il n'excèdera jamais mes forces
de respecter l'honneur des autres.

Ma vie toujours menacée
par la haine de moi toujours fraîche.
Les répits ne durent pas, le bonheur.
L'effort maintenu laisse incertain, m'affaiblit.
Et ceci qui ne m'importait pas, maintenant
m'importe, car j'approche.

Le plus noble regard
qu'un homme ait laissé à un autre.

Toi qui n'avais fait tort à personne, jamais,
tu savais bien que j'essaierais de ne rien gâcher,
si difficile que soit l'intégrité sans espérance.

Père perdu,
je recevais de toi dans le temps où je m'opposais,
mais peut-être le malheur était-il nécessaire
que tu partes
afin de me donner davantage,
si nous n'acquérons rien que dans le regret
ou par l'impossible désir.

Je n'ai pas cessé de me tenir avec toi.
A chaque pas je te reconnais qui me guides,
sur un chemin que tu n'as pas suivi,
mon père unique, le seul compagnon paternel.
O noblesse du cœur, haut soleil exemplaire
aux distances les plus lointaines réapparaissant,
si on l'a une fois connu.

O père, c'est ma vie qui te garde en vie
pour que tu l'éclaires.
Tu disparaîtras quand je ne serai plus.

Toujours liés, nous deux. Jusque là on ne se quitte
[pas.

Va. Je ne suis pas indigne d'aller te rejoindre,
là-bas où un homme n'en rencontre un autre
plus jamais.

1939-1952

POUR L'OFFICE DES MORTS

Rappelé au repos de gloire
à l'heure où le Maître a voulu,
terrassé dans l'affreux combat,
déchiré, mis à nu, pourri —
cependant que nous gémissons —
corps moissonné, ouvre ta gerbe

Mûrissant dans notre agonie,
Celui qui naquit pour mourir,
pour ouvrir la porte de vie,
au moment qu'il pencha la tête
tout noircit, la terre trembla.

A repoussé la table sombre.
Reconstitué, resplendissant,
sans effort monte au firmament,
lieu promis à tous qu'il entrouvre,
ô médiateur en majesté.

Larme profonde, élan sans faute.
Parmi les pleurs des survivants,
entre les bancs les voix unies,

les anges ont chanté victoire.
Les os, les veines renaîtront.

Pleurez, mais réjouissez-vous, frères.
La grâce exhausse le pécheur.
Corps lumineux, au sein du père
il accède à l'amour sans fin.

MURMURE DU MORT

La mort, à tant nous vivre,
saint prêtre,
la mort, la chair des gens
tant l'aime
qu'elle a tout pris.

L'amour de qui aima
fut bref.
L'amour de qui demeure
ne prévaudra.

L'antique larme et l'encens bleu,
la bonté vaine

Les vers qui nous confondent,
l'eau sainte
n'en défend pas.

Aie pitié, enfant, de ta peine.
Va. Dresse-toi :

S'il n'est pas de Là-haut,
corps embrasé,
il n'est plus dans le trou
de peines.
L'herbe sourit.

REQUIESCAT

La mort de la vie, c'est la mort de la mort.
Dernier passage et rien enfin.
Entre les deux lèvres du néant,
ce si peu de bruits vagues, vite englouti.

NOËL INTERDIT

(1958-1959)

C'est Noël et je n'y suis pas,
quand le feu joue avec la neige.
Les étoiles sont dans le gui.
Des sapins poussent aux fenêtres.

Les bœufs dressés dans les boutiques.
Viandes solennelles, parées.
Les rues se hâtent, s'ouvrent les portes.
Chacun entre, il est accueilli.
Les agneaux peints, la paille ardente.
Je m'attarde le long des murs.
Qui me dira si je me cache
ou suis exclu?

C'est la nuit de la communion.
L'apparat, les préparatifs.
Le prodige inconnu promis.
L'échéance atteinte, espérance.
Minuit sonnant, tout refleurit.
Le banquet suit la table sainte.
Ils ont retrouvé leurs chansons,
qu'ils boivent ou qu'ils prient.

Tous les bonheurs sont confondus,
les lumières et la musique.
Ils sont dans le duvet des anges.
Mousse et cristaux, émoi pensif,
éclat des rires, la joie pleine.
Les présents dans l'âtre apparus;
les enfants, les rois leur font fête.
Rêve et rumeur ont resplendi.

Je m'en vais par les quais défaits
en manteau blanc parmi la pluie,
parmi les grands hôtels perdus
dans les cours qui guettent
et sous le firmament givré,
quand je serai las d'avancer,
je m'étendrai parmi les chiens.
Leur vie vaut ma vie.

Je serai là sans reposer
brûlé par dure absence,
brûlant sans rien faire jaillir,
sans larmes pour me consoler,
sans remords ni haine,
des paroles à ressasser
et la boisson pour compagnie.

Frère sans un frère ami,
sans m'aimer moi-même
amour sans personne,
sans maison pour m'éclairer,
sans bœuf pour me réchauffer,
ni un âne aux yeux lourds.
Dans la rue ou dans mon lit,

je me couche et je renaîtrai
chaque année plus froid.
Je me tiens et je me tais,
sans finir ni commencer,
sans mourir ni être,
agité ne me dressant pas,
épars en ma terre gelée,
dans ce tombeau où me réduit
ma vie qui pas ne m'aime.

Mais mon désert, je veux garnir
avec des lumières,
des perce-neige et des oranges,
me faire un feu qui brille bleu
et m'élever entre les nues
aujourd'hui,
pour qu'il soit miracle.

Pour recommencer demain
à porter un cœur vide?

Pitié sur moi. A quoi bon feindre
une éclaircie pour m'égayer.
Lueur rêvée, rêverie vaine.
A soi seul, il n'est pas de fête.
Nuit enfantine, feu enfantin,
donateur de rien à moi-même.

Chacun rentre. La multitude
s'est enfouie dans les maisons pâles.
La joie titube, l'aube s'écaille.
La nuit remâche les gouttes froides.

Près des candélabres noircis,
dans les cuisines et dans les chambres
se figent les viandes et les cœurs.

Pourtant l'amour est le berceau.
Il nous appelle, il nous dépouille.
De l'un par l'autre, il nous fait naître.
Toujours avance, toujours au centre.
Son empire ne pouvait pas finir.
Il nous embrase et nous entraîne.
Il nous poursuit et nous consume.
Il se détourne, en atteint d'autres.
Bien plus ravage quand il n'est plus.

De tout sans lui suis détaché.
Le combat n'a plus de visage,
plus d'emblème ni de raison.
Le château qui brillait, obscur,
s'est arrêté de battre interdit.
A quoi bon vouloir y poursuivre
par la douleur une vertu,
si plus rien ne fait foi?

Je suis là dans la même peau,
poitrine sans poitrine jointe,
seul en moi-même divisé,
sans accès à l'unité bleue.
Dans le vide où mal je respire,
sous l'énergie désaccordée,
des rats ricanent et gémissent.
Il faut parmi eux végéter,
mâcher le temps, vouloir sourire.
Il faut, mais pourquoi, s'efforcer
sur les chemins du vain espoir.

Peut-être alors,
dans les combats enchevêtrés,
malgré l'effort toujours vaincu,
si survient le jour favorable
où soudain je suis mis au monde,
fils de la terre et de ma vie,
sorti de moi encore moi-même,
ainsi l'éclat fait d'une eau morte
touchée par un soleil rouge,
quand le désir me saisira,
le regard droit et les mains fortes,
en manteau de sang rayonnant,
le bouquet de larmes pâli,
les yeux abîmant la douleur.

Peut-être alors les arbres jouent,
dans les sapins sont les ramiers
et des étoiles dans la neige.
L'arc-en-ciel entre les cœurs s'élève,
l'esprit s'illumine.

Peut-être alors. Peut-être, non.
Nulle grâce ne t'est promise.
Nulle embellie ne durera.
Tu veux trouver l'intarissable.
Les corps tombés sur les draps blancs,
tu conquiers la neige qui fond.
Tu pressens le feu sans mesure.
Tu échoues, t'acharnes encore.
Peu te souviens des plaisirs froids.

Le temps qui bruit sans nous distraire,
les convoitises et le destin,

la peur qui étrécit les jours,
l'élan amoindri, l'effroi.
Secret, vers rien tu t'achemines,
engoncé dans l'âge et craquant.
L'hiver, l'hiver sans renouveau.

Tu recules, tu vas te confondre
avec l'herbe et les nues. Va donc
dans la grande musique pleine.
Adieu l'effort et la lumière,
espoirs perdus d'un enfant mort,
Les œuvres qu'il porta sont vaines,
si Noël lui fut interdit.

L'AMOUR D'ITALIE

(1956-1959)

LES CANAUX DE MILAN

pour Elio et Ginetta Vittorini

Gentil dimanche quotidien au bord de l'eau
d'un ancien quartier encore émergeant,
île de calme si loin de toi, Milan,
parmi ta clameur.

Naviglio grande où de larges dalles
longent l'eau limoneuse,
le goudron flottant jusqu'auprès de *San Gottardo*.
Eau douce oubliée par le temps et les édiles,
négoce amoindri, navires
porteurs de sable gris et de pierres.

Le pavement menu, les lavandières qui frappent fort,
le battement léger du linge parmi l'air pâle,
et les gamins qui se poursuivent sur l'eau sale
comme des enfants-dieux.

Débonnaire dans les jardins, la trattoria,
avec le jeu de boules et les petits musiciens sous
                                              [la treille,
la table aux pieds épais, le vin rouge dans les gros
                                              [verres,
les persiennes au-dessus de la galerie, les lauriers.
La lumière et l'ombre également enjouées
sur le balcon strict où s'accroche
le soleil jaune au soir et disparaît.

Ticinese, Ticinese. Tous les Chinois travaillent
aujourd'hui dans les bureaux.
Ils détruiront tout, *Ettore Mezzo.* Le néon
anéantira la clarté antique de l'huile.
Et les autocars vrombiront sur l'autostrade
où fut autrefois le flot de l'eau étale coulant
pour la simple gaieté devant ses maisons,
du petit peuple travailleur.

ÉCHOS EN SICILE

1

Lézards de Sélinonte sur la canelure dorique,
jouait toujours la mer violette.

2

Aux ravins d'Agrigente
un parfum d'immortelles,
émané d'une tombe,
m'illumine et m'enfouit.

3

Maigres regards des dieux,
les lanières du temps.

4

Douceur d'Ortigie

Au-dessus de toi, île d'Ortigie, la gloire
érige encore ses gestes. A l'Eurielo
s'exalte dans la pierre l'effort impérieux.
Mais la tendre source d'eau douce que la nymphe
est devenue, parmi les oies plaintives,
n'a pas cessé de charmer la mer.
Et la rive tout alentour
ferme la mer comme un grand lac.
Elle apprivoise la bienveillante,
comme l'homme les dieux.

5

Fonte   Aretuse

Couronnés de vos cris et de papyrus,
mes petits compagnons de la fontaine Arethuse,
avec vos nez verts, avec vos nez jaunes,
êtes-vous heureux?

6

Le soleil, compagnon bleu déchirant.

LES RUES DE NAPLES

Le linge quotidiennement sali, blanchi,
battant haut parmi les maisons
comme la chemise du Christ;
une bourrasque d'enfants éclate sur les marches
et se poursuit avec du carton;
un éventaire de six demi-noix fraîches,
de cinq bonbons,
de proche en proche éclaire la nuit.

Monte encore ou descends. La fourmilière des pauvres
n'en finit jamais. Demain hier. *Spacca Napoli.*
Tout a été tracé selon l'ordre grec.

Nulle voilure en vue entre les maisons hautes,
le ciel éclate égal ; sur les escaliers,
sous l'innombrable dégringolée de la lumière,
tous les cris sont en mouvement, tous les gestes
                                        [en place,
sous les portiques du palais défait, sur le balcon
où la jeune fille fixe l'aveugle et la draperie
                                        [écarlate —
un cortège de melons d'eau s'est arrêté sur le mur
et la couronne —
Et les apôtres et les anges prennent leur élan dès
                                        [l'aube
et tout le jour, ils conservent leur pause
par-dessus l'aubergine et les poivrons bruyants.

Qui brûle si fort ici ? C'est la mort brûlante
peut-être, c'est le désir.
Quel étendard hurle cet homme sur la charrette,
quand l'âne traîne au travers du marché l'arbre corail !
Qu'entendent-ils quand se presse le défilé
derrière le char argenté des morts
avant que l'antique pompe clopin-clopant
ne vienne désembourber les égouts ?
Ils sont chez eux. Ils ne donneraient pas leurs places
                                        [peut-être !

... Tout le chez soi à vue, le lit, les draps!
Oh! ne regardez pas la photographie
de la fille morte phtisique!
Mais par l'énorme débagoulée de la lumière
le malheur grouille et rit fasciné.

Ils montent et descendent, ils ne sortent guère
de ce haut lieu,
ils trient des moules et de menues graines,
ils réparent des souliers cinq fois usés,
ils rentrent manger des pâtes à la maison,
ils se couchent.
Quelque part, un cloître de majoliques
fermé très haut sur le jardin luxuriant
blanchit sous la lune pour lui seul et entend la mer.

Et les seins de la sirène — priant, les seins —
au débouché de la grotte innocente
à côté du prêtre aussi priant,
avec les os peints, avec les anges
sont en place au théâtre répété entre les portes,
ex-voto du peuple confiant.
Et la télévision à côté de la vierge criaille,
les poules se sont endormies, le père
a fini la soupe de haricots.

Qui peux-tu protéger, adorée madone,
de l'aveugle misère?
Le dindon qui cherche ses poux sous les saintes
                                                    [images

ou la femme grosse dans l'armoire à glace?
Il faudrait la mer!
Ou que descende du Pausilippe une vague bleue
[d'azur!
Qu'elle gravisse les escaliers en s'ajourant,
chargée de torches bleues et de douceur.
Qu'elle illumine les pauvres, qu'elle pénètre nos
[contrées.
Qu'elle nous change et nous proclame!

Hélas! qui nous exaucerait!
Des dieux puissants sont enfouis là-bas,
sous les colonnes en tronçon près de la mer.
Le saint baroque s'est tordu sans pouvoir.
Sont vaines les paroles du poète.

Pour parer la misère, la beauté déchirante nue
descend dans les ruelles, dans le fourreau du corps
[précieux,
l'œil mince et glauque de la sirène sous la chevelure,
détresse au cœur, de haut parage, secrète
Vanina que n'entache pas la chanson triste.

à Christiane

Un turc enturbanné sur les canaux,
son chameau dans la gondole,
dépaysé parmi le vert et rose, il ne croit pas;
des tapis gothiques tout en pierres sur les façades
et des médaillons en marbre pâle,
des cheminées comme les bombardes, mais c'est
                                   [la fête!

Il n'est pas descendu au débarcadère des Esclavons,
mais parmi les bateaux radoubés.
De pleines barques
                [de quartiers de bœufs et de bonbonnes
au matin se croisent entre les palais.

Le lion de pierre aux prunelles de diamant
qui guidait les navigateurs la nuit,
l'église entamée par les entrepôts du commerce,
les grands degrés du *Rialto*, un gros de voiles
                                     [abaissées
pour l'aubergine et le gorgonzola au marché aux
                                        [herbes,
la rumeur poissonneuse tenant les maisons encastrées,
les lessives drapées haut battant partout
une quotidienne célébration;
en bas des paquets gonflés et des chiens morts,
la mer ne blanchit pas l'eau sale.

Il a vu dans les souks des frigidaires et des radios,
il leur préfère le poivron jaune.
Il s'essouffle vite dans ces longs salons envahis.
Plus lui plaît une trattoria aux *Zattere*
et deux fiasques de rouge
au milieu des petites gens bavards.

Il est passé sous les voûtes où le flot
lisse les moires du soleil sur la pierre.
De minces maisons se déplacent
autour de hauts portiques
et des échoppes de menuisier viennent à ras bord.
L'herbe pousse entre les dalles auprès des citernes.
Des femmes avancent derrière des colonnes.
Les nuages apparaissent dans l'eau,
le soir, à la lueur des lanternes.

Trois tours l'accompagnent, jamais les mêmes,
en brique tendre et penchent.

C'est toujours la fête. Serait-ce vrai?
Songerait-il à pénétrer un secret?
Que va-t-il apparaître où s'édifie l'incroyable?
Un sang profond irrigue la cité, la soutient.
La scène ne s'enfonce pas encore.

Les rues s'incrustent sur les places comme la nuit
sertit les boutiques. De ruelle en ruelle
un détour à la fin s'est élargi

en un vaste *campo* fermé.
Auprès de l'hexagone menu, l'homme
qui porte un jugement et celui qui montre des étoffes
sont en place dans le cortège en marche par la ville.
Au long des canaux qui tournent, le spectacle
                                    [s'enrichit
au plus désert *campiello* de la bonhomie d'un
                                    [chat maigre
ou d'une frise de pigeons sur une corniche.
La bordure blanche à l'entour des fenêtres
comme sur la lingerie fine, les ogives
avec les demi-cercles en fronton,
tout est mesuré des assises au faîte.
Le pavement décoré sur les parvis monumentaux
dirige le parcours.

Quel pouvoir oriente le voyageur? Où va-t-il?
Quel chemin le conduit mieux qu'un autre?
De grands apôtres blancs se dressent entre les toits.
Qu'annoncent-ils en criant si fort? Auraient-ils peur?
Par le désert précieux d'un palais jamais vu
de hauts tronçons s'empanachent dans la verdure.
L'enfilade résonne parmi l'azur doré.
Le canal entre dans la pièce d'apparat.
L'action qui se joua brûle à nouveau :
les arcs, les colonnes, avec les éclats et les rideaux
tout s'évanouit, se relève différent,
la beauté sans répit surgie, de quoi connaître
la détresse où se confond l'excès de joie...

Des espaces campagnards où les enfants courent.
Les entrées, les sorties de l'eau partout.
Les triomphes inscrits. Le jardin retiré.
De la *Madona del Orto* ou de *San Trovaso*,
égaré toujours et toujours se confiant
à l'imprévisible apparenté par l'alchimiste millénaire,
serait-il entraîné où la mer s'élargit,
dans les mouvements de la foule qui se compose
au grand théâtre des Procuraties?

Mais là n'est pas l'amande et le secret joyau.

Il entre dans le vestibule, dans l'ombre.
Il avance, attiré par le centre irradiant...

Quel savoir se préfigure ici dans la splendeur?
Quelle célébration perpétue, éblouie,
les noces de la fierté de l'homme avec sa gloire?
Les hauts globes se gonflent et les pierreries sourdent.
La couleur sécrète un prestige inconnu.
Quelle couleur? Qui saurait dire l'innommable
qui s'exhausse et qui change, qui s'éteint
pour aviver la flamme unique.
Est-ce le cèdre ou le cuir de Cordoue?
Est-ce marbre ou ivoire ou quelle cire antique
l'inébranlable matière qui s'attendrit,
la ténèbre éclatant de l'énergie transmutatrice
en l'or obscur de San Marco.

Il a pris de la splendeur dans ses yeux.
Qui pourrait l'y voir? Ils caressent les pigeons
ou soupirent au pont des soupirs; ils sont au Lido.
Ses yeux seuls qui rêvent et la ville où il vaque
avec son gondolier.

Il a disparu vers la gare du chemin de fer.
Il a posé son dernier turban sur Siméon Piccolo.
S'il est venu par ici jamais, qui le dira?

Venise-Paris, oct. 1956

DANS LES LOINTAINS PARAGES

suivi de

NON PAS UN TEMPLE,

LE CHÂTEAU ET LA QUÊTE DU POÈME

et de

PAUVRES PETITS ENFANTS

(1951-1960)

DANS LES LOINTAINS PARAGES

à Louis-René des Forêts

Dans les lointains parages
vers lesquels j'avançais,
peut-être m'écartant,
gardé en un pays
où rien ne me concerne.

Montant et remontant,
l'environ, l'épaisseur,
sans poids non sans feintise,
quelque éclat pour me plaire
et m'aider à durer.

Cerné, m'exténuant,
l'interminable haleine,
marche à marche après moi
comme une bête obscure...

Pas à pas des figures
disparues aux lanternes,

les apprêts se déroulent
d'une fête advenue.

Et toujours je me leurre.
Et toujours le froid pire.
Par qui est interdit
le chemin désigné?

Dans la foule éclatante,
les sourires déserts.
Dans ma bouche, du sable.
Le temps ferme ses trappes.
Dans l'âtre un oiseau blanc,
les yeux gros se renverse.

Égaré qui m'entête,
allant et revenant,
vers les lointains parages
où je vais accéder
quand tout sera obscur.

1959

NON PAS UN TEMPLE

à Pierre Dedet

Le temple enfermé dans la terre,
s'il est berceau il est tombeau.
La crypte parée dans la terre.
Venez amis, car il fait froid.

Pour s'entourer d'une lumière
il aurait fallu plus avant
creuser et dormir, à défaut
d'avoir su plaire au grand soleil.

Sans vos voix les murs ne s'éclairent,
frères, compagnons inconnus,
Descendez, célébrez la fête.
Et venez aussi, petits chiens.

Gardez-le si seul il est las.
Tous ses blasons et ses parures,
tous les objets bien trop aimés
ne font pas source ni lieu-saint.

La noce enfouie, le dieu sans foi.
Édifié hors du temps hagard,
le trésor pourtant s'obscurcit.
Toujours le désert prévaudra.
Demain déjà. Pourquoi la fête?
Adieu amis, rien n'avait lui.

1960

LE CHÂTEAU ET LA QUÊTE DU POÈME

Lentement, et parfois avec fièvre et se préci-
pitant, le poète construit un chemin dans l'opacité
fluente du monde et de lui-même, s'arrêtant tout à
coup pour se demander s'il ne s'égare pas, si chaque
pas qu'il fait : chaque vers, si chaque plateau qu'il
franchit, chaque montée qu'il élève : chaque strophe,
ne le détourne pas du château avec lequel à la fin il
doit se confondre; obligé de revenir en arrière et de
détruire ses traces pour en marquer d'autres : d'autres
mots et massifs de mots, qui ne seront pas à détruire,
ceux-ci, mais qui devront savoir s'annuler à la fin
dans la *fulguration du lieu à inventer*, l'y acheminant,
peu à peu, l'y transportant, tout au long de la route
obscure que ses pas devraient illuminer à mesure et
que parfois en effet ils illuminent et le monde entier
avec lui, il le croit. Et il est vrai que l'intermittente
lumière s'éteint à peine a-t-elle brillé au cours de
cette quête et que le sentiment de la vanité de l'effort
rend amère la certitude qui fut d'avoir été dans la
juste direction, d'avancer.

Et pourtant, il doit continuer à trouver et à
chercher, à progresser pour que, à la fin, le château se

trouve là édifié, de l'intérieur duquel, *s'y confondant*, il saisira pour un instant l'Unité du Tout, panorama et racines, abîmes et ciel bleu, recoins avec ce qu'il faut de vertigineux pour qu'il éprouve le vertige, oiseau qui rassemble à lui seul toutes les imaginables ailes, tout à la fois. Parti à l'aventure sur un appel et guidé, mais abandonné le plus souvent et réduit à l'impuissance, exalté ou vacillant au cours de la longue marche, le poète, durant le temps presque imperceptible où il s'identifie avec le château, reconnaît *qu'il a construit ce qui est.* Et c'est vrai! Parce que, étant par nature contradictoire comme tous êtres et toutes choses qui sont, le poète, au moment où il se dresse avec le château, se trouve atteindre et vivre cette contradiction *dans les mouvements de la totalité;* ainsi se trouve-t-il délivré du déchirement, dans la mesure où déchirement signifie séparation et entrave, pour participer à la violence des contradictions dans l'Unité; c'est la Réalité dans laquelle il s'est intégré qu'il exprime.

Et la fulguration évanouie, il ne restera qu'un monument en face de lui, plus ou moins ample et élevé, dont il fera le tour avec déception, tant cette construction ressemble à beaucoup d'autres qu'il connaît, morne et d'une beauté tout extérieure. Et il s'efforcera de retrouver, à l'examiner de différents côtés, à y monter et descendre, à parcourir salles et corridors, à se fixer tout à coup sur telle arête fuyante, au défaut des proportions et des formes, quelques échos de la voix illuminante qui s'est fait entendre, parfois, au cours et au sommet de la route.

1957

PAUVRES PETITS ENFANTS

Pauvre petit enfant, le chien boitait... Qui l'avait fait qui tremble, qui tremblait, la babine posée drôlement sur la terre mouillée, qui regardait... Les enfants cruels l'ont tapé, le chien enfant; l'ont fait couchant, les yeux salis sur la terre blessée, il pleut... N'osant pas oser plus qu'avoir peur et tressaillir, ne sachant pas oser répondre à ma tendresse qui l'appelait — qui avait besoin tellement d'un regard confiant et ami, ô chien enfant! O ne pouvant pas — jamais — savoir, au-delà de souffrir, aimer et jouer... O injuste misère de l'enfant qui tremble et qui jamais ne pourra savoir protester et vivre-rire... et qui a peur et qui poursuit, les yeux blessés, enfant ou chien et homme, sans rémission, ô malheur et malheur et larmes sans rémission de la souffrance éternellement innocente.

27 mai 1951

NOTE SUR L'EXPÉRIENCE POÉTIQUE

Passage de la visitation... Du mystérieux événement, il apparaît assez que le poème rend compte de bien des manières. En prose ou en vers. Avec des mots qui éclatent et avec d'autres transparents, avec une conscience extrême ou emporté par son élan, avec solennité, avec ironie, parfois les deux ensemble; ici l'abstraction brûle, là des métaphores font entrevoir un monde apparemment aboli. Suivant les occasions et la chance, chaque poème se constitue son langage comme il peut. Aussi tous les tons sont-ils possibles, tous les rythmes, toutes les formes : « tous les moyens sont bons ». *Et d'autant plus qu'aucun n'est bon, jamais, en réalité; au cours du mouvement souverain nous sommes encore si peu* capables.

Ce que dit le poète serait d'un intérêt assez limité s'il ne faisait qu'exprimer au moyen d'instruments de sa composition, et fussent-ils les plus agréables à entendre, des sentiments qu'il avoue et dans lesquels chacun peut se reconnaître, ou même s'il révélait en l'imaginant une part de lui-même à lui-même inconnue. Il s'agit de bien autre chose.

Il y eut un moment où le poète s'est trouvé débar-rassé de l'obstacle qu'il oppose, de par la totalité de son être et de ses prises, à l'Unité-du-monde-en-mou-vement. Le passage de la visitation a commencé par le vider de lui-même et de tout ce qu'il sait... Instant imperceptible. Le poème s'accomplit à son réveil. Alors l'énergie qui le parcourt en s'évanouissant lui communique un étrange pouvoir. Cette énergie, il en est saisi quand il élève son chant. En lui donnant la parole, *il lui assure chaque fois une apparition nouvelle et imprévisible qu'il perpétue dans l'objet qu'il forme. Et c'est avec sa voix qu'il l'incarne, si changée qu'il ne la reconnaît pas d'abord, mais dont il découvrira que c'est bien la sienne et une voix qu'il est seul à pouvoir faire entendre. Action inspirée, le difficile enfantement!... Car le violent va-et-vient unificateur qu'opère le bouillonnement de la source, c'est avec ses moyens d'expression habituels que le poète agit pour en reproduire l'action tant qu'il l'éprouve encore, dans sa langue gauche et logique, avec ses mots univoques, tenant compte d'une syntaxe débile qu'il doit forcer en la respectant.*

Et à travers toute l'âme fertilisée, à travers le langage qu'il invente, le monde de son infirmité déjà se reconstitue, il se précise et pèse, cependant que la force avec laquelle il lui arriva de se confondre se sépare de lui déjà, qu'elle s'éloigne...

Si Je est devenu un autre, le poète n'a la chance de l'incarner qu'à partir du moment où il commence à redevenir lui-même; *la possibilité d'exprimer ce qui le dépasse lui est donnée alors qu'il renaît aussi comme obstacle. C'est le paradoxe et la contradiction fondamentale de l'action poétique.*

L'affleurement de la source se produit au-delà mais toujours à la faveur d'une émotion. L'homme s'est perdu dans la nuit qui l'a traversé et il ne peut avoir le souvenir du fulgurant silence qui s'est fait entre cette émotion — qui allait s'aggravant et s'élargissant jusqu'à s'abîmer à la fin, le monde et lui avec — et le moment où il se trouve réinvesti en lui-même, étant devenu un autre. D'une émergence qui imperceptiblement l'annula, il n'a retenu que les approches et, lorsqu'il reparaît, il n'a pas cessé d'être fixé, il le croit, sur ce qu'il avait sous les yeux ou dans le cœur au moment où il s'est produit quelque chose au-delà de cette émotion... Il regarde, il éprouve, cependant que déjà le langage se déchaîne et voici son sujet : visage aimé, grouillement de l'eau, rue où l'on passe, fumée, rochers, peu importe. Parfois une rêverie qui de longtemps le travaillait prend corps dans une parole fabulatrice. Parfois, d'une voix dépouillée, il cherche à exprimer l'événement lui-même, inouï, de la communication et de la résistance, sa très relative victoire.

Énergie de l'Être en suspens dans le vide de la conscience! C'est à partir de la déflagration de cette boule si violemment pleine, et où tout se meut si vite qu'elle était d'abord sans figure et sans voix, que le poète doit ordonner un objet verbal. Si tout désir ou souvenir peut être fertilisé à ce moment-là, si tout paysage peut lui devenir « lieu d'approche », le poète ne dénature pas pour autant l'élément à partir duquel cristallise l'événement de sa parole. Agent de l'Unité dans l'innombrable et le contradictoire, dans le temps qu'il s'y intègre lui-même, il restitue cet élément à l'action de l'Être-en-mouvement. Ainsi ne trahit-il pas son sujet, il le révèle plutôt, il le brûle et se dépasse avec lui. Il le fait naître et le maintient en vie au-delà de ce qu'il paraît être, rayonnant parmi ses correspondances avec le Tout.

Mais, au diable le sujet! Le pouvoir propre du poète, c'est de construire un objet pour lequel il n'existe pas de modèle. Transformateur d'énergie, il lui faut articuler une sorte de machine qui consonnera avec la palpitation secrète de l'Être de par le monde. Machine constituée dans un matériau particulier et selon un ensemble de rapports qui apparaissent chaque fois différents, elle doit être formée de manière à mimer tant bien que mal, à propos de ceci ou de cela, et quels que soient les sentiments évoqués par le poète, les mouvements d'identification furtive à travers la contradiction, auxquels alors il participe.

Machine qui ne serait pas tellement inutile si elle se trouvait capable, dès qu'une conscience la fixant sait la mettre en branle, d'entraîner cette conscience et de la faire communier à travers son rythme avec le mouvement profond de l'énergie du Tout.

Il n'est pas étonnant que le poème se présente souvent, au regard du philosophe, de façon assez suspecte. Si soucieux que soit l'auteur d'organiser un objet, l'énergie qui préexiste à sa profération et le guide se trouve de nature à en rendre l'aspect aberrant. Comment en serait-il autrement! L'unité-dans-l'antagonisme qui s'instaure dans l'œuvre se crée ses chemins comme elle l'entend, jouant du hasard des premiers mots venus comme des impulsions de l'âme par lesquelles elle s'anime. Unité en mouvement, préalable et foncière, *comment ne bousculerait-elle pas, en même temps*

que notre vieil appareil logique — identité, causalité —
la démarche d'un esprit qui progresse en niant et assume
lentement sa conquête. Événement étrange! Ce qui
était transcendant par rapport à la conscience s'est
incarné, le contingent se trouve nécessaire. Le toi et
le moi se tiennent confondus un instant avant de s'oppo-
ser à nouveau et derechef de se confondre. Alternance
et concomitance d'une décomposition et d'une réin-
vention du monde et de l'homme mêlés, le poème s'avance
comme une bataille de San Romano tissée d'éclats
hostiles et singulièrement accordés. Prisonnier délivré,
le poète, ses désirs et ses contradictions comme la lumière
dont alors il rayonne, ne se distingue pas du mouvement des oppositions et de l'unité du monde. Il n'est
plus séparé de la Réalité, son drame se confond avec
celui du Tout et de tous.

Le poème dépasse celui qui le forme, mais enfin
il l'exprime! En construisant cet objet-microcosme,
l'auteur se construit et se découvre différent — et uni
au monde par des liens différents — mais il se connaît
encore tel qu'il est, avec ses ressources qui sont ses
limites, sa profondeur légère.

Ces petits monuments verbaux imprévus, la
conscience qui les a portés c'est celle de tel homme
unique avec son expérience et ses désirs, ses monstres
et ses valeurs, tout ce qui dans la vie l'a marqué et
ce qui demeure irréductible, avec ses goûts, son intel-
ligence, ses traditions, ses partis-pris et ses mots,
avec son courage et sa misère propre. De là que chaque
créateur a ses thèmes et son style. Et, bien sûr, le poème
se fait dans la durée changeante d'une vie. S'il opère
toujours une transfiguration (jusque par la raillerie

241

même), l'œuvre prend une tonalité différente selon la part de la sensibilité qui s'y trouve actualisée dans le dépassement. Ainsi la plus haute joie et le simple plaisir, l'émerveillement, la nostalgie, l'amertume ou le désespoir, la révolte et la rage, la bonté, tous les sentiments éprouvables peuvent-ils tour à tour y prédominer.

C'est seulement lorsqu'il est rendu au temps et à lui-même que le poète peut vivre en quelque manière au-dessus du temps et en communication avec le Tout. Souveraineté précaire... En prenant pied dans la conscience l'Être n'y surgit que pour disparaître. A travers le formidable tumulte qu'a produit son irruption, ont retrouvé aussitôt leurs droits *la lenteur dialectique, le retard logique,* nos pouvoirs-limites *dans le monde du temps et de la séparation. Le poème doit s'en arranger; il ne peut même exister qu'à cette condition.*

Cette « inhabileté fatale », d'être éprouvée dans l'exaltation même que lui donne un pouvoir inouï, aggrave chez le poète son habituelle insatisfaction, elle active pathétiquement ce pouvoir et, en le menaçant, l'impatiente. Précipité de glace et de feu, c'est l'ironie *qui fait tourner le poème et accroît sa déflagration. Elle traduit et surmonte assez désespérément la dérision de l'entreprise. Dans le souvenir encore actif de l'interférence du* Même *et de l'*Autre, *moment culminant de l'expérience, elle est présente, ambiguë, comme la conscience terrible et souriante de nos limites à l'extrême de notre espoir de les franchir... Établie en couple avec l'affirmation lyrique, de ce couple en lutte un corps glorieux se dresse... Le monde qui s'élève de la* parole, anéanti pas à pas par le sourire du désespoir, chaque fragment s'abîmant fait apparaître une petite flamme... Le château se profère sur cet incendie. Les signes changent: la contestation devient positive et la dérision se fait plus tendre que l'amour.

La forme que prendra son ouvrage, le poète ne la connaît pas avant de l'avoir trouvée. Il tâtonne à la recherche de ce qui n'a pas de visage. Son art est celui d'être fidèle à l'inconnu qu'il constituera.

L'altération des couleurs sonores qui fait que tout s'oppose et consonne, les métaphores, les dimensions et les proportions, le jeu de la continuité et des ruptures, tout doit concourir à maintenir une trace d'un passage qui fut. Une trace par un monument à inventer. Une machine à faire entendre quelque chose de l'événement.

L'Être qui violemment « pilote » le monde, le défait et le régénère, l'homme en est, s'il en constitue un instant précaire, une partie obscurcie, dans le malheur de la séparation. Son positif est infirme, mais son manque est absence. Sa vocation à la divinité, c'est le poète qui la réalise quelquefois et qui la lui remémore.

Que remonte la source, elle interrompt les frontières. Cet homme-là, que lui arrive-t-il?... Une ivresse des mots d'abord. Et, au fur et à mesure que le poème en formation s'ajoute une pierre, le poids de ce qui n'est pas encore se fait plus pressant. Une poussée de l'intérieur permet de deviner la consistance de ce qui sera, la diversifie en masses qui délimitent leurs places à pas silencieux et précipitent par fragments. Des directions d'abord indécises vont se précisant en les lignes d'un rythme et se fixent en une structure.

L'aventure de la création se poursuit avec des arrêts et des reprises, entre l'interrogation et le vide, dans une tension passionnée. L'événement a provoqué un tel ébranlement qu'il opère comme une mutation de l'âme. Les images sorties de l'oubli viennent de plus loin, les métaphores apparaissent comme des éclats de l'Être même. La réflexion se laisse inspirer par le fascinant absent ; elle semble bondir, allégée de sa machinerie. Tout le magma de ces moyens d'accès dont l'infirmité impatientante constituait une entrave, le voilà métamorphosé à la fois en un pouvoir conquérant et en une résistance bonne conductrice.

L'homme n'est pas d'une autre nature que l'Être qui se réalise dans le monde et auquel il fait écran pour l'ordinaire. Dans la formation du poème, il se produit entre eux un échange infini. Cependant que les pouvoirs de la conscience tendent à se dépasser, en sens inverse la manifestation de l'Énergie surgie s'altère, cesse d'être exorbitante, elle se rapproche de la démarche de ces pouvoirs et s'y apparente jusqu'à s'exprimer plus aisément par eux. Pas autrement qu'au prix d'une déperdition. De là le sentiment d'échec et l'ironie parmi la joie... Pourtant l'alchimie du verbe peut s'opérer dans une exaltation tragique où n'entre aucune ironie.

Le poète s'applique à organiser les deltas conquis : construction et couleurs, dessin et nombre, chair nourrie par le cœur et le rêve, jusqu'à des idées parfois qui se dévoilent, inattendues, qui éclairent et sont acceptées. L'objet se fait plus intelligible et, sans cesser d'être « magique », il devient encore accessible par les voies et moyens de la communication ordinaire.

L'auteur *s'est saisi de ce qui le guide, sa colla-boration au poème change. De même que sa subjectivité s'est dépassée dans l'objet qu'il construit, la tâche à accomplir lui devient de plus en plus consciente sinon plus facile. Il résout des problèmes, il corrige, il gratte, parachève. Il se reconnaît dans la langue qu'il réin-vente, il la retrouve. Il prend place dans une tradition qu'il augmente. L'événement s'est échangé contre une forme. La promesse est devenue conquête. Cet objet, il peut en faire le tour. Il en fait don.*

Alors c'est fini... Le poème est là... Mais aussitôt le vide, notre désert parfois passionnément agité. De nouveau « la vraie vie... absente ». *Le passage de la visitation est si rare. Le poète si souvent est réduit au silence...*

Il répare ses forces. Il se prépare comme terrain propice. Et peut-être à nouveau un jour l'événement! *Dans quelles dispositions se trouvera-t-il alors? Et quelle forme future? Qui saurait le dire? Chaque poème se construit son langage comme il peut.*

Ceux qui sont réunis ici sont les produits de mul-tiples expériences. Ils n'ont pas le même aspect s'ils convergent secrètement. A travers la diversité des accents et des prises, ici ailleurs c'est toujours la même chose que je dis.

1954-1955

245

BIO-BIBLIOGRAPHIE

1907-1993

1907. Naissance d'André Frénaud le 26 juillet à Montceau-les-Mines. Son père, originaire de Tournus, y est pharmacien. Sa mère est fille d'un propriétaire terrien du Charolais.

1912-1916. A. F. passe ses vacances chez sa tante à Saint-Vallerin, dans la côte chalonnaise : elle habite une maison bourgeoise appelée « le château », avec ferme et vignoble.

1917-1924. Interne à l'Institution Saint-François-de-Sales de Dijon, il est un jeune homme pieux, qui se livre aux seules lectures subversives possibles dans un internat religieux : Charles Maurras et Léon Daudet.

1924. Il s'inscrit à la Faculté de philosophie de Dijon, où il suit les cours de Gaston Bachelard. L'adhésion à l'Action française va être rapidement remplacée par une passion pour les théories de Lénine et surtout de Trotski.

1925. Il obtient de ses parents l'autorisation de « monter » à Paris et s'inscrit à la Sorbonne en philosophie et en droit. Il lit Rimbaud, Dostoïevski et les romantiques allemands, chemine dans Paris, mène un train modeste, mais où le vin ne manque pas.

1930. En conflit idéologique avec sa famille, mécontent de lui-même, il sollicite et obtient un poste de lecteur à l'Université de Lvov, en Pologne.

1931-1932. Service militaire à Joigny. L'impertinence du canonnier Frénaud lui vaut de nombreux séjours en salle de police.

1933. Il travaille dans des cabinets d'avoués et de gestion de portefeuille. Il poursuit des lectures philosophiques et politiques : Hegel, Kierkegaard, Heidegger d'une part, Victor Serge, Georges Sorel, Boris Souvarine d'autre part.

1934. 4 décembre : décès de son père.

1935. Ayant adhéré aux Amis de l'U.R.S.S., il voyage dans ce pays, mais en revient très critique, convaincu que le régime est « la perversion du meilleur ».

1938. Il est admis au concours de fonctionnaire du ministère des Transports. Un jour de septembre, dans un café, il montre à ses amis un texte qu'il vient d'écrire intitulé « Épitaphe » : ceux-ci l'ayant assuré qu'il s'agissait d'un poème, il poursuit dès lors cette activité, sans hâte de publier.

Mobilisé, il passe la « drôle de guerre » dans des cantonnements en Alsace.

1940. Il est fait prisonnier à Vaucouleurs et acheminé dans un stalag du Brandebourg. Il y écrit *Les Rois mages* et l'« Agonie du général Krivitski ».

1942. Il revient en France grâce à de faux papiers de personnel sanitaire.

1943. Publication des *Rois mages* aux éditions Seghers. Grand retentissement. A. F. entre en contact avec les milieux poétiques de la Résistance. Il publie dans la revue *Messages* de Jean Lescure, dans *Fontaine*, dans *Confluences*. Paul Éluard, avec lequel il noue amitié, l'invite à participer à *L'Honneur des poètes*.

1944. À la libération de Paris, dont les manifestations d'enthousiasme lui ont paru bien superficielles, il est quelques mois « Directeur de l'édition et de la librairie ». Mais cette fonction d'autorité lui convient mal, et il retourne au ministère des Transports.

Il siège au Comité national des écrivains, et participe à l'établissement de la Liste noire. Au bout de six mois, il constate qu'il est l'otage des communistes et, après Jean Paulhan et Jacques Duhamel, il démissionne en même temps que Charles Vildrac, Claude Aveline et Jean Lescure.

Il commence à fréquenter les peintres. Il était déjà l'ami de Raoul Ubac, il devient celui de Jean Fautrier, de Jean Bazaine et de Maurice Estève. Il rend volontiers visite aux jeunes peintres du « Groupe de l'échelle » à Montparnasse, notamment Geneviève Asse, Jacques Busse et Jean Cortot.

C'est dans ces milieux qu'il fait la connaissance de Christiane Bailly, jeune dessinatrice d'origine lyonnaise.

1945. Par Éluard, il fait la connaissance de René Char. S'ensuivra une longue relation d'estime, et d'amitié, qui n'en sera pas moins traversée de vifs désaccords.

1946. Aragon, qui ne pardonne pas à A. F. sa défection, écrit dans *Europe* : « Il semble bien ces temps-ci que Frénaud n'ait rien à dire. Affreusement rien à dire. » Il n'en est rien, comme l'attestent les dates des poèmes qui constitueront les grands recueils des années soixante, mais A. F. ne conçoit la poésie ni dans l'urgence de la circonstance, ni au service d'une cause.

1949. Il épouse Christiane Bailly à Saint-Paul-de-Vence le 8 mars.

Il fréquente la galerie d'Aimé Maeght et connaît les peintres qu'elle présente, notamment Joan Miró.

Publication des *Poèmes de dessous le plancher* (Gallimard).

1950. Il réalise avec Alain Trutat et Raoul Ubac *L'Énorme Figure de la déesse Raison*.

1958. Divorce d'avec Christiane.

1959. A. F. s'investit aux côtés de Jean Tardieu dans la création de la section française de la COMES *(Communità Europea degli Scrittori)*.

1960. Il commence une analyse avec André Green. Peu à peu, la visée thérapeutique laissera place à un intérêt intellectuel, et les séances s'espaceront.

Participant depuis 1956 au Comité contre la poursuite de la guerre en Afrique du Nord, il est signataire du Manifeste des 121, qui justifie l'insoumission militaire et légitime l'aide au F.L.N. Il est suspendu de ses fonctions au ministère des Transports. Il en profite pour séjourner six mois en Italie, à Milan et à Rome.

1962. Publication d'*Il n'y a pas de paradis* (Gallimard).

1963. Dans le cadre de ses activités à la COMES, il effectue de nombreux séjours dans les pays de l'Est et accueille des écrivains tels que Gyula Illyés.

1964. Il fait aux alentours de Noël, chez son ami Guillevic, la connaissance de Monique Mathieu, créatrice de reliures.

1966. Publication de *L'Étape dans la clairière* (Gallimard).

1967. Après le rejet par Moscou de la grâce des poètes Siniavski et Daniel, il juge que la COMES n'est plus qu'un alibi et engage la section française à donner en bloc sa démission.

Pour manifester sa sympathie à la revue *L'Éphémère*, lancée aux éditions Maeght par Yves Bonnefoy, André du Bouchet, Louis-René des Forêts et Gaétan Picon, il donne au n° 3 le poème « Vieux Pays ».

1968. Il est rapidement choqué par la présomption des foules estudiantines, « comme si l'enthousiasme collectif suffisait à gagner les révolutions et à recommencer à neuf ».

Publication de *La Sainte Face* (Gallimard).

1970. Publication de *Depuis toujours déjà* (Gallimard).

1971. Il épouse Monique Mathieu à la mairie du VII⁰ arrondissement.

1972. Voyage en août-septembre dans le Valais et le Tessin à l'occasion d'une exposition de Monique à Ascona.

1973. Publication de *La Sorcière de Rome* (Gallimard).

Premier séjour à l'hôpital à la suite d'une attaque de tachycardie paroxystique.

Le Prix de Poésie de l'Académie française lui est décerné.

1974. À la suite d'une longue recherche dans une Bourgogne qui ne soit pas celle de la « ville natale exécrée dès l'enfance », André et Monique élisent à Bussy-le-Grand « l'idéale maison », un bâtiment de ferme en ruine de la fin du XVII⁰ siècle. Ils entreprennent de la restaurer comme un poème, ou comme une reliure, recherchant la collaboration d'artisans détenteurs des savoirs traditionnels. Ils alterneront désormais les séjours par quinzaine entre Paris et Bussy.

1977. Entretiens radiophoniques avec Bernard Pingaud sur France-Culture. Ils donneront naissance à *Notre inhabileté fatale* (Gallimard, 1979) et relanceront l'écriture d'A. F.

1978. Séjour à l'hôpital Rothschild pour une opération intestinale.

1981. Dans l'hommage qui lui est rendu par la revue *Sud*, A. F. publie sa première « Glose à la Sorcière ». Il poursuivra cette activité d'auto-commentaire et en publiera six de son vivant, l'ensemble étant réuni après sa mort par Bernard Pingaud.

1982. Publication de *Hœres* (Gallimard).

1985. Publication de *Ubac et les fondements de son art* (Maeght).

1986. Publication de *Nul ne s'égare* (Gallimard).

1987. A. F. est le poète invité du festival d'Avignon.

250

1989. Film de Jacques Deschamps sur FR3 dans la série *Les Hommes livres* de Pierre-André Boutang. Il sera diffusé le 30 mars de l'année suivante.

1993. Yves Bergeret organise à Beaubourg l'exposition *André Frénaud . poème, chant d'ombre*, accompagnée de quatre tables rondes.

    21 juin : décès d'A. F. à Paris. Il est inhumé au cimetière de Bussy-le-Grand.

1995. Publication de *Gloses à la Sorcière* (Gallimard), édition de Bernard Pingaud.

Jean-Yves Debreuille

SOLEIL IRRÉDUCTIBLE

DERNIÈRES PARUTIONS

Ce volume,
le vingt-quatrième
de la collection Poésie,
a été achevé d'imprimer sur les presses
de l'imprimerie Bussière à Saint-Amand (Cher),
le 23 janvier 2006.
Dépôt légal : janvier 2006.
Premier dépôt légal : octobre 1967.
Numéro d'imprimeur : 054483/1.

ISBN 2-07-030112-5./Imprimé en France.

141256